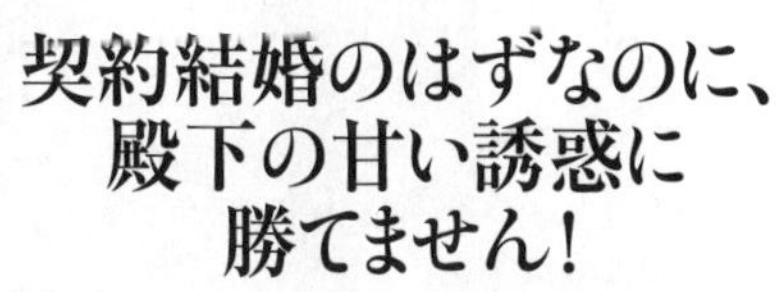

契約結婚のはずなのに、殿下の甘い誘惑に勝てません！

綾瀬ありる

ARIRU AYASE

ノーチェ文庫

登場人物紹介
エグバート・ロイシュタ
ロイシュタ王国の王太子。
基本的に穏和だが、恋愛面で難攻不落なため、
「氷の王子」と令嬢たちに噂されていた。
アンジェリカ・ヴァーノン
中堅貴族にあたる伯爵家の令嬢。
突然エグバートに求婚される。
思っていることが顔に出やすい。

ディイヴィット・ヴァーノン
アンジェリカの次兄。
近衛隊に所属しており
エグバートと親しい。
クレア・エイベル
公爵令嬢。
エグバートの婚約者候補筆頭を
自負していた。
ブリジット
アンジェリカの部屋付きの侍女。
有能だが、恋愛面では少し夢見がち。
テオバルト
ロイシュタ王国の隣、
シルト帝国の次期皇帝。
エグバートの親友で
アレクサンドラの兄。
エトムント・フォン・
アーレンス
テオバルトが重用する
シルト帝国の子爵。
エグバートとは旧知の仲。
アレクサンドラ
シルト帝国の皇族。
エグバートとは旧知の仲。

目次

契約結婚のはずなのに、殿下の甘い誘惑に勝てません！ 7

初の外遊先なのに、どうやら歓迎されていないみたいです！ 101

番外編
ご契約は慎重に 325

書き下ろし番外編
王太子殿下はかわいい妻の誘惑を待ちきれません 335

契約結婚のはずなのに、殿下の甘い誘惑に勝てません！

第一話　契約結婚のススメ

「――さあ、行きましょうか、僕のかわいいアンジェリカ」

優しい微笑みを浮かべた青年が、その言葉と共に、白い手袋に包まれた手を差し伸べてくる。淡い金髪に翠玉（すいぎょく）の瞳をした甘い顔立ちを、濃紺の正装がきりりと引き締めていて、惚れ惚れ（ほぼ）する貴公子ぶりだ。

相対（あいたい）するアンジェリカのドレスもまた、同じ色をしている。足元へ向かうにつれて徐々に紫に変化するグラデーションと、星をちりばめたような銀の刺繍（ししゅう）が美しい。初めて見た時には、あまりの美しさにため息が漏れた。仕立ての良いそのドレスは、肌触りも着心地もとっても良くて、着せられている最中もうっとりしたものだ。

流行の形をしたそれは、胸元がかなり開いている。アンジェリカの胸は大きくもないが小さくもない、中途半端なサイズだが、今日はコルセットで寄せて上げてもらい、普段よりも深い谷間が作られていた。その上で煌（きら）めく首飾りには、深い色をした大きな翠（すい）

玉がはめ込まれている。

何から何まで目の前の青年が用意してくれたものだが、一体どれほどの値がつくものなのか、考えるのも恐ろしい。

少し癖のあるアンジェリカの赤い髪は、今日は複雑な形に結い上げられている。流行に従って遊ばせた後れ毛が首筋をくすぐるのがむずがゆい。緩く頭を振って、アンジェリカはため息をついた。

どう見ても、ドレスにも装身具にも負けている。もう少し、美しい容姿をしていたら、堂々としていられたかもしれないけれど――

「どうしたの？」

「あ、いえ……申し訳ございません」

ぼんやりとそんなことを考えていたアンジェリカは、かけられた声にはっとして意識を青年に戻す。青い瞳を瞬かせ、躊躇いがちに手を伸ばすと、白い手袋がそれを受け止めた。

うやうやしく持ち上げられた手の甲に口づけが落ちる。それに動揺する間もなく、相手は追撃をかけてきた。

やんわりと、それでいて逃がさないと言わんばかりに引き寄せられ、抱き締められたのだ。うろたえたアンジェリカの耳に、囁くような声が吹き込まれた。

「緊張している？」

「いえ――あ、ええ、そうですね……」

隠しても仕方がない。アンジェリカは、そっと息をつく。

緊張しないわけがない、と思う。これから目の前の青年――ロイシュタ王国第一王子にして王太子であるエグバートの婚約者としてお披露目されるのだ。

それを意識した途端、心臓がどくどくと早鐘を打つ。震える指先を、エグバートが優しく包んだ。そして柔らかな微笑みを浮かべ、蕩けるような目つきでアンジェリカの顔を覗き込む。

それがあまりにも自然に行われるものだから、心臓に悪い。

「大丈夫だよ、かわいいアンジェリカ――何も心配はいらない、僕に全て任せて」

優しい声が耳に届く。頬を撫でられ、熱っぽいまなざしを向けられて、アンジェリカの鼓動はさらに跳ねあがった。

氷の王子さま、と呼ばれていたエグバートのこんな姿を、誰が想像するだろうか。よく似た他人だと思うかもしれない。高鳴る胸を押さえながら、そんな馬鹿げたことを考えてしまう。それは現実逃避だったかもしれない。

（まるで、物語の登場人物にでもなったような気分）

近頃流行りだという物語を思い出して、アンジェリカはくすりと笑う。すると、エグバートが蕩けるように笑った。

この調子なら、周りの人々には、エグバートが婚約者に夢中になっているように見えるだろう。

（全く、演技がお上手で）

アンジェリカの中の、どこか冷静な部分がそう考えた。

――そう、演技だ。

この婚約も、結婚も、全て契約の上でのことなのだから。

早鐘を打つ心臓を抑えて、アンジェリカは息を吸い込んだ。どうにか自然に見えるよう微笑みを浮かべると、今度はエグバートがくすりと笑う。

――さあ、一世一代の大舞台だ。

目の前の扉を見つめて、アンジェリカは大きく深呼吸した。

◇

アンジェリカ・ヴァーノンは伯爵令嬢である。

ヴァーノン伯爵家は、歴史ある家柄だ。しかし、当代のヴァーノン伯爵は宮廷勤めはしているものの、とりたてて要職に就いているわけでもなく、領地が豊かなわけでもない。いわゆる普通の――言ってしまえば、中の上程度の貴族だ。

ただ、父である伯爵は堅実な領地運営と飾らない人柄で知られ、領民の信頼は厚い。

アンジェリカには兄が二人おり、長兄は王宮に詰めることの多い父に代わり領地を管理している。最近結婚したばかりの妻と二人、遠方のヴァーノン領にある邸が生活拠点だ。

次兄は騎士として王宮に勤めている。なんでも、第一王子と年齢が同じとかで重用され、近衛隊に所属しているという。家に帰ることが少なく、アンジェリカは兄妹だというのに兄の仕事について詳しいことを知らない。時たま差し入れに行くこともあるが、それくらいだ。

寒さの抜け切らない春の日、その次兄――デイヴィットが唐突にとんでもない爆弾を投下した。

珍しく家に戻った兄は、アンジェリカの部屋を訪れると、突然こう話し始めたのだ。

「アンジェリカ、おまえ確か十八になるよな」

「ええ……それがどうかした？　まさか、縁遠い妹を憐れんでどなたか紹介してくださるの？」

「そういう——うーん、まあ、そうなるのかなあ……」

デイヴィットがうーん、とか、ええと、とか、唸り声をあげ始めたので、アンジェリカは訝しむ。冗談のつもりだったのに、次兄の目は真剣だ。

どうしたのだろうか。頬をくすぐる赤毛を払って、アンジェリカは考えた。

十六で社交界入りをし、十八ともなれば婚約者の一人や二人——いや、二人いてはおかしいか。とにかく婚約者がいるのが貴族令嬢としては普通である。が、残念なことにアンジェリカはその普通に当てはまらない。

彼女自身に、問題があるわけではない。実際のところ、婚約者はいたのだ。同じ伯爵家の嫡男で、父と同じく王宮で文官勤めをしていた二歳年上の青年である。しかし彼は、アンジェリカが社交界入りする直前、事故でこの世を去ってしまった。

この場合、次の後継者に婚約者がスライドする、というのが通例である。彼の場合、弟がいた。ただ、その弟が問題だった。当時十五歳だったアンジェリカに対し、婚約者の弟は五歳。さすがに十も年の離れた夫との結婚を待つというわけにもいかず、アンジェリカの婚約は白紙状態となった。

父はアンジェリカに良い嫁ぎ先を、と探してくれたが、そうそう見つかるものではない。アンジェリカ自身、何となく気乗りしないまま時は過ぎ、気付けば二年の時が流れていた。

そんな事情を思い出しつつ、兄へと意識を戻す。すると、視線を逸らし、アンジェリカと同じ赤い髪をかき混ぜながら、デイヴィットがため息をついた。できれば言いたくない、というのが透けて見え、アンジェリカは首を傾げる。

デイヴィットの紹介ならば、おそらく相手は騎士だろう。近衛隊なら、出身はほとんどが貴族だ。一代限りとはいえ騎士爵の地位だってある。

嫁き遅れ目前のアンジェリカにとって、ありがたい話だ。――まあ、父が何というかは知らないが、彼女と年も家柄も釣り合いが取れて婚約者のいない好青年など都合よく存在しないのだから、そろそろ現実を見てほしい。

「こんなこと、俺の口から言うのはどうかと思うんだけど」

デイヴィットが重い口を開く。どうやら話す気になったらしい。

「――結婚、してほしいんだ。その……エグバート殿下と」

兄の口から飛び出したのは、予想もしなかった名前で、アンジェリカは目を瞬かせた。

「……冗談、よね？」

「俺も、冗談だと思いたい」

デイヴィットがため息をつく。

「まぁ、詳しい話は殿下が直接なさるそうだ。というわけで、王宮におまえを連れてこいと仰せでな」

苦い顔でもう一度ため息をつく兄を見つめて、アンジェリカは引きつった笑みを浮かべた。

「……お呼びに従い参上いたしました」

薄紅色の薔薇が満開を迎えた王家専用の庭に、エグバートはアンジェリカを呼び出した。ここであれば、人の目を気にしないでいい――ということなのだろうが、そんなことを気にするぐらいなら最初から呼ばないでほしい。

「やあ、よく来てくれたね」

そんなアンジェリカの心情などどこ吹く風、といった調子で、エグバートはアンジェリカの背後に目を向ける。

「ああ、デイヴィット。おまえは下がっていていいよ。アンジェリカ嬢と二人だけで話をさせてほしい」

「はっ……し、しかし……」

妹を気遣ったのか、エグバートを気遣ったのかは分からないが、デイヴィットが難色を示す。しかし、エグバートの強い視線を受けてしぶしぶ頷いた。

「では──あちらで待機しております」

姿は窺（うかが）えるが、話の内容は聞こえない。そんな絶妙な位置を指し示す。エグバートが頷いたのを見て、デイヴィットはちらりと妹に目をやると下がっていった。

「さて、デイヴィットから話は聞いているでしょう?」

「……あの、頓珍漢（とんちんかん）な話でしょうか」

「そう、その頓珍漢な話だ」

アンジェリカ渾身（こんしん）の嫌味を軽く受け流して、エグバートは続けた。

「アンジェリカ嬢。悪い話ではないと思うのだけど?　きみは不幸にも婚約者を亡くし、適齢期を迎えた今も嫁ぎ先は決まっていない」

「……まあ、他人から言われると腹が立ちますが、その通りです」

「そして僕も、そろそろ結婚相手を決めろとせっつかれている」

そこで、エグバートは表情を曇らせた。翠玉の瞳が憂いに翳る。アンジェリカは小首を傾げた。

「もうじきまた社交の季節を迎えます。伝統にのっとって、仮面舞踏会でお相手を――」

「それだよ！」

エグバートが頭を振った。

「あの馬鹿げた伝統のせいで、仮面舞踏会ではあちこちの令嬢から追いかけまわされる」

そう口にしたエグバートの瞳は、冷めきっていた。なるほど、仮面舞踏会で未来の王妃を決めるという非効率的だがロマンがあるともいえるこの国の伝統を一蹴するとは、氷の王子さまと言われるのも頷ける。

エグバートに関する噂話を思い出して、アンジェリカは得心した。難攻不落の氷の王子――というのが、世間の令嬢方のエグバートに対する評価なのだ。

「今年こそ決めろ、と父上からも言われていてね……でも、あんな舞踏会で相手の何が分かると思う？　たった一言二言話をして、それでダンスをして？　そんなことで生涯添い遂げる相手を見つけろだなんて……馬鹿げていると思うでしょう？」

エグバートが、アンジェリカの手を取った。そうして、じりじりとにじり寄ってくる。

「そこで、きみのことを思い出した。うん、きみは僕を追いかけまわしたりしないし、変な小細工を弄(ろう)したりもしない。それどころか、ほら、僕から逃げようとさえしている」

先程からじりじりと後退していることを気取られていたらしい。くすり、と笑われて、頬が赤くなる。

「うん、それでいい。だからこそ、きみと結婚したいと思ったんだよ」

「それでいい、とは——」

「まあ、よく考えてみて？　僕は、これで結婚相手を探せとせっつかれることもなくなる、妙な令嬢と結婚せずに済む。きみは、嫁(い)き遅れと陰口を叩かれるのを回避して、最高の結婚相手を見つけられる。それに、伝統にだってのっとっている、と言える」

一呼吸おいて、エグバートははっきりと口にした。

「アンジェリカ嬢。僕と結婚してほしい」

アンジェリカはしばし考えた。確かに、お互いにとって利益のある話ではある。しかし、ここでアンジェリカの胸中をよぎったのは、埒(らち)もないことだった。

——殿下は私のことが好きだから結婚したいわけではない。

亡くなった婚約者とのことは、家が決めたもの。愛があったわけではない。婚約が決まったと、父から告げられただけであった。

つまり――初めて受けた求婚が、利益だけを求めるものだということが、少しだけ切なかった。それだけだ。

アンジェリカは、目を閉じた。愛のない結婚など、普通のことだ。しかし、なぜ自分を選んだのだろう。その答えを見出そうと、考える。

現在、エグバートの結婚相手として取り沙汰されているのは、エイベル公爵家のクレア嬢だったはずだ。彼女も熱心にエグバートに言い寄っているようだし、家格も申し分ない。

だが、こんな提案をしてくるからには、クレア嬢を王太子妃に据えるつもりはないのだろう。

エイベル公爵は随分な野心家だと、父が何かの拍子に言っていた。そのあたりに理由があるのかもしれない。

対して、自分はと言えば、まあ何の取り柄もない伯爵家の娘だ。父はとりたてて野心家ではないし、大それたことを考えそうな身内もいない。

そこまで考えて、アンジェリカは苦笑した。

なるほど、令嬢たちが諦めるまでの短期間婚姻を結ぶための、扱いやすい駒、ということか。

（まあ、いいか……）

婚約者が亡くなって二年。自分から相手を探す気にもなれず、嫁き遅れ目前の身である。だったら、理由は何であれ望んでくれる相手に嫁ぐのも悪くない。

それに、とアンジェリカはちらりとエグバートの顔を見た。何があったとしても、彼は不誠実なことはしないだろう。家族には隠し事が苦手な兄が、今回の縁談に際して王太子本人への不平不満を一切口にしなかったのだから、間違いない。自分はエグバートの笑顔の裏を読み解けないが、さすがに近衛の騎士には多少なりとも本性が知れているはずだ。

そう結論付けて、アンジェリカは静かに口を開いた。

「……分かりました。その話、お受けいたします」

「本当に？」

「ただし――」

そこで一旦言葉を切って、正面からエグバートを見つめる。

「事前に、いくつかお約束していただきたいのです」

アンジェリカの言葉に、エグバートは一瞬目を丸くした。次いで、破顔する。

アンジェリカの胸が一瞬どきりと音を立てた。

「いいよ、なんでも言うといい——なんなら、契約書を作ろうか」

そう言うと、手を上げて侍従(じじゅう)を呼ぶ。紙とペンを持ってくるよう命じると、エグバートはアンジェリカの額に口づけた。そうして、アンジェリカの真っ赤な顔を見つめ、蕩(とろ)けるような笑顔で言った。

「いいね、アンジェリカ。きみとあの舞踏会で出会えたのは、僥倖(ぎょうこう)だった」


家に帰ったアンジェリカは、寝台に腰かけて今日のことを思い返していた。

契約に際して、アンジェリカが出した条件は、常識的なものだったと思う。

ヴァーノン家に過大な肩入れをしないこと、それに加え、契約中の費用はエグバートの個人資産を用いること。

ひとつめの条件は、家に迷惑をかけないためのものだ。安易に昇進や陞爵(しょうしゃく)などすれば、妬み嫉(そね)みの対象になってしまう。アンジェリカが決めたことで父や兄たちを困らせたくない。費用のことは、おまけみたいなものだ。

そして、公式の場では仲睦(なかむつ)まじい夫婦として振る舞うこと。

いきなり不仲説が流れては、契約した意味がない。私的なところではともかく、公の場では仲睦(なかむつ)まじいところを見せた方が、お互いのためだろう。

さらに、契約解消にあたっては、事前に告知することをお願いした。

既に自分の人生など半分くらいは諦めた気分のアンジェリカでも、突然離縁すると言われてうろたえる姿など見せたくはない。

(さすがにそんなことはなさらない、と思うのだけれど)

あの時は、こんなことが自分の身に起こるなどとは思いもしなかった。エグバートと初めて言葉を交わした日のことを思い出して、アンジェリカは、ほうっとため息をついた。

——時は、一年ほど前に遡る。

その日、煌びやかなシャンデリアが下がる広いホールの一角で、アンジェリカは佇んでいた。

社交シーズンのちょうど真ん中の日に毎年行われる仮面舞踏会。

その舞踏会がいわゆる「王太子の花嫁選び」の場であることは、誰もが知っていて口にはしないこと。いわゆる、暗黙の了解というやつである。

なんでも、何代か前の国王がそうやって賢妃を迎えた、というので伝統化されたのだという。一国の王妃を決めるにしては、どうにもロマンチックがすぎる話だ。しかし、ロイシュタ王国中の娘の心を掴んで離さない恋物語として、今でも語り継がれている。

王宮主催の舞踏会だけあって、ホールには大勢の貴族たちの姿がある。誰もが趣向を凝らした仮面をかぶり、笑いさざめく姿は、普段とは違う高揚感に満ちていた。

アンジェリカは、父であるヴァーノン伯爵に伴われ、その場にいた。彼がアンジェリカをここに連れてきたのは、王太子を狙ってのことではない。それはさすがに高望みがすぎる。

アンジェリカは、ふう、とため息をついた。婚約者を事故で亡くしてから一年が過ぎている。喪に服していた彼女も、これ以上社交界デビューを先送りするわけにいかなかった。

父親は、どうやらここで良い縁を見つけてほしいと思っているようである。しかしアンジェリカはさっぱり気乗りがしない。亡くなった婚約者とは、家同士のつながりを求めていたのであって、特に恋とか愛とかそういうものがあったわけではなかった。それでも、それなりに親しくしていた相手がいなくなったのだ。早々に「はい次」という気になれるものでもない。

挨拶回りに出た父には悪いが、もう少ししたら家に帰ってしまおう。近場にいた王宮の使用人らしき男性が差し出した盆から、度数の低そうなお酒を受け取ると、アンジェリカは壁の花となるべく移動した。

「あっ……！」

「おっと……失礼」

その途中で急ぎ足の青年とぶつかってしまったのは、何もアンジェリカがぼんやりしていたせいだけではないだろう。後ろを必要以上に気にしながら歩いていた青年もまた、前方不注意ではあった。

ぶつかった拍子にグラスから零れた酒が、青年の胸元を濡らしている。アンジェリカは急いでハンカチを取り出して濡れた場所を拭こうとした。

「申し訳ございません……」

「ああ、いや、大丈夫だから」

しきりに背後を気にしていた青年は、アンジェリカのその行動に少し慌てたようだった。それもそうだろう。色の濃い酒は、下手に擦れば染みが広がってしまう。やんわりと制されて、手を止める。

しかし、時既に遅し。白い上着にはしっかりと濃い紫の染みが広がってしまっている。青ざめるアンジェリカを見て、青年は一瞬思案したようだった。

「ちょっと来てくれ」

有無を言わさず手首を掴み、強引に連れ出す。宴のざわめきが次第に遠くなっても、その足は止まらない。

「ま、待って……！」

必死に抵抗しようとするが、細身の割に青年の力は強い。アンジェリカの手を引いて、そのまま王宮の奥へ進んでいく。

あたりはすっかり静まり返り、人気がない。薄暗い廊下の壁を、月の光が青白く照らしている。どんどん進み、やがてとある一角にたどり着くと、青年は迷うことなく正面の扉に手をかけた。

「さ、入って」

「え、ここは……？」

王宮の奥といえば、王族の住まいだ。青年が何者なのかを理解して、アンジェリカは蒼白になる。ここは、自分のような者が立ち入っていい場所ではないのだ。

重厚な扉が、音もなく開く。まばゆい灯りが灯された室内は、一目で分かるほど煌びやかな装飾に満ちていた。

「いけません、殿下……！」

別に、何事か起きると思うほど自意識過剰ではない。だが、部屋に二人でいるところを見つかるだけでもまずい、ということくらいは分かっていた。

その程度のことは、当然理解しているだろうに、青年――王太子、エグバートは素知らぬ顔で再度入室を命じる。

そうなれば、アンジェリカとて拒みようがない。身分からいっても――そして、物理的にも無理な話であった。なぜなら、アンジェリカの手首は未だエグバートが握ったままなのだから。

「着替えるから、そこで待っていてくれ――逃げるなよ？」

後ろ手に扉を閉めて、ようやくエグバートはアンジェリカの手を離した。もはや観念してこくりと頷くと、指し示された椅子に浅く腰かける。

すぐ逃げ出そうと身構えているように見えたのだろう。そんなつもりではなかったが、仮面を外したエグバートが意地の悪い笑い方をするので、むっとしてしまう。

「殿下は、女性と過ごされたことがおありにならない？」

その質問に、エグバートは首を傾げた。淡い金の髪が、部屋の灯(あか)りに透(す)けてさらりと揺れる。そんな姿も絵になるものだ。代々の王族の中でも出色(しゅっしょく)の美男子と言われるのも頷ける。

こんな時でなかったら、素直に称賛できるのに。アンジェリカは、内心そう思ったが顔には出さない。

「この、夜会用のドレスというのはやっかいな作りをしておりまして。こういう姿勢でしか座れないのです」

「なるほど」

得心がいった、とばかりに頷いて、エグバートはもう一度笑った。しかし、その笑みには先程の意地の悪さはない。うんうん、と呟きながら衣装部屋へ消える。

正直、逃げ出せるものなら逃げたい。しかし、約束してしまったからには逃げ出すのも業腹だ。それに、うっかり外に出ていく場面を第三者に見られたら、面倒なことになってしまう。

どうやら、自分はとことんツイていない人間らしい。はあ、とため息をついて、アンジェリカは部屋の中を見回した。

ぱっと見には、豪華絢爛に思えたが、よく見ると案外実用性を重視した部屋だ。ひとつひとつの家具は使い込まれている。

「へえ……」

しげしげと部屋の中を眺めていると、背後から笑い声が聞こえた。はっとして振り向くと、口元を押さえたエグバートがアンジェリカを見ている。上着を替えるだけかと思えば、ラフな普段着に着替えていた。

「僕よりも、部屋の方が気になるか」

「い、いえ……失礼いたしました」

かしこまって答えると、また笑い声が起きた。よく笑うお方だ、と半ば呆れる。エグバートは隣の椅子に腰を下ろすと肩をすくめた。

「実を言うと、抜け出す口実を探していたんだ。助かったよ」

アンジェリカは逆に迷惑なのだが、王太子がそう言うなら頷くしかない。できればとっととこの部屋から退出し、何事もなかったような顔で父に帰宅の旨を伝えたい。

しかし、エグバートはまだアンジェリカを帰すつもりはないようだった。見る者の心を蕩(とろ)かす笑みを浮かべ、おもむろに立ち上がる。

「何か飲む？」

壁際に設(しつら)えられた棚から瓶を取り出すと、エグバートは振り返ってそれを掲げてみせた。緊張のせいか、喉が渇いていたことに気が付いて、中身が何なのか確認しないうちにアンジェリカは「いただきます」と口にする。

——それを後悔したのは、翌朝になってからだ。

小鳥のさえずりに目を覚ませば、そこは見覚えのない部屋だった。頭が割れるように痛くて、呻き声をあげる。

枕元の水差しに気が付いて、震える手で水を飲むと、やっと人心地つく。改めて部屋の中を見回しているところに、コンコンとノックの音、続いて若い女性の声が聞こえた。

「お目覚めでしょうか……」

びくり、とアンジェリカの肩が跳ねる。慌てて着衣を確認すると、いつの間にかきちんと寝間着を着せられていた。特に乱れた様子はなく、おかしなところはないように思える。

そうこうしているうちに、もう一度部屋の扉をノックする音がし、ほどなくがちゃりとノブを下げる音がした。返答がないため、様子を見ようと先程の声の主が入室したのだろう。

「あ……」

お仕着せを身につけた侍女と思しきその女性と目が合う。アンジェリカは一瞬身体をこわばらせたが、彼女は柔らかな微笑みを浮かべた。

「起きていらしたのですね。お嬢さま、お身体の方はもう……？」

「あ、え、ええ……あの、わたくし……？」

「昨日は驚きましたわ。殿下に呼ばれて参りましたら……なんでも、舞踏会で具合が悪くなられたとか？　部屋を用意するようにとの仰せで」

朗らかな声が、事情を説明してくれる。どうやら、殿下の部屋でいただいた飲み物がよくなかったようだ、とアンジェリカは遅ればせながら気が付いた。おそらく、酒精の強い飲み物であったのだろう。酩酊したところを介抱されたらしい。

「あ、ありがとうございます」

「いえ、お礼でしたら殿下に……と申し上げたいところなのですが、殿下は既に公務に出られておいでで」

シャッ、とカーテンを開ける音がして、部屋の中が明るくなる。

「起きたら、ご自宅へお送りするようにとのことでした。ええ、もちろんきちんとご家族には説明させていただきます。ご安心くださいね」

そう言うと、侍女が胸をどんと叩く仕草をする。それがおかしくて、アンジェリカは思わず笑ってしまった。

――あの後は、大変だった。

アンジェリカは、あの日のことを思い出してくすりと笑う。夜のうちに連絡が行っていたとはいえ、父は青くなったり赤くなったりしていたし、兄は呆れた顔をしていたものだ。

だが、何事もなかったとついてきてくれた侍女が説明をしてくれたし、エグバートもメッセージを持たせてくれていた。それで、ようやく納得してもらえたのだ。

あれを二人の馴れ初めとするのならば、確かにエグバートの言う通り、伝統にのっとったことになる。

（それにしても、殿下に求婚されるなんて、これから大変ね……）

寝台から窓の外を見上げて、アンジェリカはため息を漏らす。

「私、うまくやれるのかしら……」

父には、エグバートとデイヴィットが話をしてくれることになっている。それから巻き起こるだろう騒ぎを予想して、アンジェリカはもう一度大きなため息をついた。


エグバートと契約を交わして二か月ほど過ぎた頃、ロイシュタ王国は社交シーズンを迎えた。その間、何度か兄への差し入れを口実に王宮に行ったり、反対にエグバートがヴァーノン家をお忍び訪問したりもしたが、公式の場で彼と会うのはあれ以来初めてとなる。

社交シーズン最初の舞踏会は、王宮で開催されるのが通例だ。デビューを迎えた貴族の子女のお披露目(ひろめ)のためである。

広いホールにはシャンデリアが煌(きら)めき、既に集まった人々のさざめく声が、奏でられる調べに乗ってゆらゆらとたゆたっている。

国王への拝謁(はいえつ)を済ませたデビュタントたちは、ホールで初めての舞踏会に頬を紅潮させてあたりを見回していた。

その会場に、エグバートのエスコートを受けて、アンジェリカが姿を現す。

すると、途端にざわめきが大きくなった。

それもそうだろう。氷の王子と呼ばれる王太子が、蕩(とろ)けるような笑みを浮かべているのも初めてなら、女性をエスコートしている姿を見せるのも初めてなのだ。緊張に震える指先をぎゅっと握り締めて、アンジェリカはどうにか正面を向いた。

ざわめきは二人の周囲を取り囲むばかりで、二人に直接声をかける者はいない。それだけがアンジェリカにとっては救いだ。王太子の婚約者として、みっともない姿を晒(さら)すことは避けたい。

このまま時が過ぎてほしい。毅然(きぜん)とした姿を保とうと背筋を伸ばすアンジェリカを見て、エグバートがかすかに笑った。

「かわいいアンジェリカ、そんなに固くならないで。ほら、もうじき音楽が始まる。一曲どうかな？」

「ええ、喜んで」

顔が近い。頬を染めたアンジェリカと、それを愛おしそうに見つめるエグバートの姿に、周囲からはため息が漏れた。それは、羨望か嫉妬か——はたまた別の感情か。

二人がホールの中央へゆっくりと進む。それを合図にしたかのように、デビュタントたちもそれぞれの相手と顔を見合わせ、進み出る。

やがて、姿を現した国王の手が上がると、楽団は最初の一曲を奏で始めた。

「かわいいアンジェリカ、きみはダンスの名手だね」

「殿下ほどでは」

初めて二人で踊るというのに、ぴったりと息が合う。軽やかにステップを踏み、くるりとターンを決めた。エグバートの安定したリードのおかげもあって、アンジェリカはダンスに没頭する。こんなに軽やかに踊れたのは初めてだ。自然と笑みが零れて、緊張が薄れてゆく。

やがて曲が終わりを迎える。一曲で終えるのは惜しいが、いつまでも踊っているわけにもいかない。視線を上げ、最後の礼をとろうとすると、微笑むエグバートと目が合った。それは、今までの意地悪な笑みとも、蕩けるような笑みとも違う——アンジェリカが見たことのない、自然な微笑みだ。

アンジェリカの胸が、どくんと音を立てる。握られた手が、そこだけ熱い。

「殿下……」

「名残惜しいけど、そろそろ行こうか」

一瞬でその微笑みをひっこめて、作り物めいた笑顔を貼り付けたエグバートがアンジェリカを促した。少しだけ残念に思ったものの、そのままダンスの輪から抜け出す。

「さて、本日のメインイベントといこう、かわいいアンジェリカ」

耳元で囁かれて、アンジェリカはごくりと唾を呑み込んだ。今日は舞踏会を楽しむために来たわけではないことを思い出したのだ。大丈夫、と言うようにエグバートがアンジェリカの腰を引き寄せる。

「それにしても、何なんですか」

「何が？」

「その、かわいい——ってやつですよ。やりすぎじゃないですか？」

「いやだな、本当のことを言っているだけだよ」

小声で交わすやりとりの最後に、唇が頬を掠める。ひゃ、と声をあげそうになって、ぎりぎりのところで踏みとどまった。頬が熱くてたまらない。

そんなこと、本当は思ってもいないくせによく言うものだ。自分の顔の造りくらい、自分が一番知っている。可もなく不可もない、十人並みというやつだ。アンジェリカはため息をついてから、エグバートを睨みつけた。

「そんな顔しても、かわいいだけだよアンジェリカ」

くすくす笑うエグバートに連れられて、アンジェリカはとうとうその日一番の大舞台に立った。緩い螺旋を描く階段を数歩、導かれるようにしてあがってゆく。到着すると、一礼して、エグバートが言葉を発した。

「父上」

「おお、そちらが……？　ああ、ヴァーノン伯爵の……」

「ご存知でしたか。ええ、ヴァーノン伯爵の息女で、アンジェリカ嬢です」

紹介されて、アンジェリカは礼をとった。

「ただいまご紹介いただきました、アンジェリカでございます」

「よい、顔を上げよ」

国王の許しを得て、緩やかに顔を上げる。にこやかに微笑む壮年の王は、なるほどエグバートに面差しが似ていた。いや、逆か——エグバートが王に似ているのだ。するも、何年後かにはエグバートもこういう顔になるのだろうか。ちらりと浮かんだ考えに、アンジェリカは内心で苦笑した。

その頃、自分たちはどうなっているのだろう。この顔になったエグバートを、近くで見ることがあるのだろうか。

浮かんだ考えを、慌てて追い出す。少なくともそれは今考えることではなかった。

「アンジェリカ嬢とは、去年の仮面舞踏会で出会いまして」

「ほう、そんな話は聞いていなかったがな」

国王とエグバートの会話は、どうやら二人の出会いについてのもののようだ。隣に立つ王妃は、黙ってその様子を眺めている。

エグバートはあまり、王妃には似ていないのだな、とアンジェリカは思った。

「ええ、残念ながらその場では振られてしまいまして。その後も、こっそりと彼女に求愛し続けていたのです」

「でっ……殿下……！」

作り話にも程がある。慌てたアンジェリカがエグバートの言葉を止めようとするが、国王はそれを聞いてからからと笑った。

「そうかそうか、なるほどな」

「ようやく受け入れてもらえて、私は天にも昇る心地でした」

「はは、それほどにか」

「ええ、私は今、この方に夢中なんです」

「まぁ……お熱いこと」

それまで黙っていた王妃が、ころころと笑う。その表情を見て、アンジェリカは先程の感想を改めた。なるほど親子だ。この表情、エグバートによく似ている。――いや、ともう一度考え直す。王と同じだ。エグバートが王妃に似ているのだ。

「――エグバート、ヴァーノン伯爵には？」

「無論、お話ししてあります」

「うむ……皆の者！」

パン、と大きく手を打ち鳴らす音があたりに響く。徐々にざわめきが静まり、人々の視線が集中した。その光景に一歩引きそうになったアンジェリカを、エグバートの腕が支える。

腰に回された腕の温かさに、ほっと息が漏れた。ここで無様な姿を晒すわけにはいかない。よろけそうな足に力を入れて、エグバートの顔を見る。

「この場を借りて、皆に喜ばしい発表がある」

国王の力強い声が、あたりを揺らした。エグバートに寄り添って、アンジェリカは一歩前に踏み出す。今度は集中する視線にひるむことなく、しっかりと前を向いた。

隣に立つエグバートがそれを見て頷くと、ゆっくりと口を開いた。

「聞いてくれ。私、エグバートはヴァーノン伯爵のご息女アンジェリカと婚約をした。皆、祝ってほしい」

わっ、と歓声があがる。その場にいる全員にグラスが配られると、それぞれ思い思いに掲げ音を立てて合わせる。アンジェリカも、エグバートとグラスを合わせ微笑みを交わした。

その様子は、どこからどう見ても相愛の恋人同士だ。少なくとも、エグバートの演技は完璧だった。見破られるとしたらきっと自分の方だろう。

おかしくなって、ついくすくすと笑いだす。そんなアンジェリカを見て目を細めたエグバートが、耳元に口を寄せた。

「これでもう逃げられないよ、かわいいアンジェリカ」

「あら、逃がしてくださる気があったんですか？」

アンジェリカの言葉に、一瞬目を見開いて、エグバートが笑う。とても自然なその笑顔は、噂の「氷の王子」らしさは微塵もなかった。

第二話　初夜とはどんなものかしら

時の経つのは早いもので、あの婚約披露からたった三か月でこの日――結婚式を迎えてしまった。通常であれば、婚約期間を一年は設けるところだが、これまで女性に見向きもしなかったエグバートが結婚すると言い出したのである。気が変わらないうちに、と国王直々の命令により超スピードで結婚式の準備が進んだのだ。

王宮の一角に準備された花嫁の控え室で、アンジェリカは花嫁衣装に身を包んでいる。王族にのみ使用することを認められる意匠を盛り込んだドレスは、ため息が出るほど――重い。この上に、バルコニーでのお披露目にはマントを羽織るのだと言うが、それがまた重い。手に持つのだと示された錫杖も重たいし、何より頭に着けるティアラも重い。

素晴らしい衣装には違いないのだが、こんなに重くては移動するのも一苦労だ。これを着て、大聖堂の長い絨毯の上を歩くのかと思うと、それだけでため息が出る。

ふう、と息を吐いたアンジェリカを見て、侍女たちがくすくすと笑った。

「アンジェリカさま、今からそのように緊張なさっては……今日は先が長いのですから」

そう声をかけるのは、あの日アンジェリカを介抱してくれた侍女だ。名をブリジットという。落ち着いて見えるが、年齢はアンジェリカと変わらないというから驚いた。

そのブリジットに向かって、アンジェリカは曖昧に笑う。緊張からではなく、ドレスが重いのが憂鬱で、と言ったら彼女はどんな顔をするだろう。羨望のまなざしでアンジェリカを——いや、ドレスを眺めている彼女の夢を壊すのはしのびない。

ましてエグバートとアンジェリカの間に恋とか愛とか、そういったものが欠片もないことを知ったら。

——いまや、エグバートとアンジェリカの恋物語は、王都中の乙女たちの憧れなのだとブリジットは興奮気味に語っていた。あの伝統の仮面舞踏会で出会い、恋に落ちた二人。伯爵令嬢であるアンジェリカは、身分を気にして身を引こうとする。しかし、諦めきれないエグバートは、毎夜部屋を訪ねては愛を囁く……

それを聞かされて、笑わなかった努力だけは褒めてほしいものだ。

「……そうね、今日は一日よろしくね」

「おまかせください！」

ブリジットがどんと胸を叩いて請け合った。そのかわいらしい姿に、口元がほころぶ。

この場にいるブリジットより年かさの侍女たちも、その姿をにこやかに見守っている。いい職場だな、と素直に思う。

そこへ、部屋の扉をノックする音が響いた。はい、と答えたのは扉近くにいた侍女だ。名前は確か、ベリンダと言ったはずである。

そのベリンダが、扉の向こうの声と二言三言交わす。振り向くと、扉を開けて兄が入ってきた。次兄のデイヴィットである。

「へえ、馬子にも衣装とはよく言ったもんだ」

「喧嘩を売りに来たの？　お兄さま」

唇を尖（とが）らせたアンジェリカの頭を、デイヴィットの大きな手が撫でた。幼少期には何度もされた仕草だが、大きくなってからはない。意外にも優しい手つきでそれを行うと、デイヴィットは目線で侍女に退出を促（うなが）した。

一礼して、侍女たちが部屋を出る。おそらく侍女たちは、嫁ぐ前の最後の兄妹（きょうだい）の時間などと考えていると思うが、デイヴィットとはこれからも顔を合わせる機会がいくらでもある。何といっても、アンジェリカの夫となるエグバートの近衛（このえ）騎士なのだから。

「……お兄さま？」

「アンジェリカ。俺がこんなことを言えた義理じゃないが……殿下のこと、よろしく頼む」

その言葉に、アンジェリカは目を丸くした。普通、兄がそれを言う相手は自分ではなくエグバートではなかろうか。そう思いながらも、兄の青い瞳が——アンジェリカと同じ色をしたそれが、妙に真剣だったから、戸惑いながらも頷く。

「頼んだぞ。何があっても、殿下を信じてお傍にいて差し上げてくれ」

「——はい」

その返答を聞いて、デイヴィットがほっとした表情になる。もう一度、アンジェリカの頭をぽんぽんと叩く。

「こうするのも、最後かな」

「そう、ですね」

しばし、部屋の中に沈黙が落ちた。少しだけ、しんみりとした空気が流れる。それを断ち切るかのように、デイヴィットが笑顔を作った。

「そうだ、これを一番に言わなきゃいけなかったな——おめでとう、アンジェリカ。幸せになるんだぞ」

「ありがとう、お兄さま……」

既に邸（やしき）を出る時に、父母と、参列するために王都へ来てくれた長兄夫婦と同じやりとりを交わしてきた。が、それでもアンジェリカの目にじわりと涙が滲（にじ）む。

「ば、ばか……化粧が崩れるぞ」

「どうせ、塗っても塗らなくても変わりません」

憎まれ口を叩くアンジェリカを、困ったように見つめて兄は微笑んだ。

「ばーか。今日のおまえは――その、綺麗だよ」

ぽん、と大きな掌がもう一度アンジェリカの頭に置かれる。必死に涙を堪えて、アンジェリカは笑ってみせた。

大聖堂に、厳かな鐘の音が響く。白を基調とし、所々に金の装飾を凝らした大聖堂は、王宮の敷地内にあって唯一市民の立ち入りが許された場所である。

しかし、王族の――しかも、王太子の結婚式が行われる今日、さすがに市民の立ち入りは制限され、中を埋めるのは王太子の結婚に立ち会う栄誉を与えられた一部の貴族たちだけだ。

両側に居並ぶ貴族たちの間を、アンジェリカは父に腕を取られてゆっくりと歩く。中央では、夫となるエグバートがじっと待っている。悠然と立つその姿は、花嫁の対となるような意匠を凝らした白い礼服。濃紺の礼服姿もきりりとしていたが、こちらの衣装もまたエグバートの美しさを引き立て、一点の曇りもない貴公子ぶりだ。

この方の隣に立つのか、といまさらながらアンジェリカは身震いした。結婚式の主役は花嫁だと言うが、今回に限っては新郎が主役だ。

「さあ、アンジェリカ」

父に促され、エグバートが差し出す手に、自分の手を重ねる。一度それをぎゅっと握ったエグバートが、微笑んでその手を腕へと誘導する。

「殿下――よろしくお願いいたします」

「もちろんです」

花嫁の父と新郎とが、短い挨拶を交わした。ぽん、と背中を叩かれて一歩前へ踏み出す。じわり、と胸が熱くなり、アンジェリカは振り返りたくなる衝動を必死に堪えた。

そのまま、ゆっくりと一歩ずつ、神官長の待つ祭壇の前へ歩いていく。

「エグバート・ロイシュタ。誓いの言葉を」

「私、エグバート・ロイシュタは、生涯妻アンジェリカを愛し、いかなる苦難からも守り、また、全ての喜びを分かち合うことを誓います」

神官長に促され、エグバートが誓いの言葉を述べる。

「アンジェリカ・ヴァーノン。誓いの言葉を」

「私、アンジェリカ・ヴァーノンは、生涯夫エグバートを愛し、いかなる苦難からも援け、挫けた時は支え――また、全ての喜びを共にすることを誓います」

アンジェリカもまた、震えそうになる声をどうにか押しとどめて誓いの言葉を述べた。

そのまま頭を下げ、次の神官長の言葉を待つ。静まり返った大聖堂に、神官長の声が響いた。

「二人を、神の聖名の下、夫婦と認めます。それでは両人、誓いの口づけを」

その言葉を合図に、互いに向き合う。翠玉の瞳が、アンジェリカを優しく見つめた。

どうしたことか、それだけで心臓が破裂しそうなほどに痛い。

頬に手を添えられて、ゆっくりと目を閉じる。唇にそっと触れる温かさを感じて、不意にアンジェリカは気が付いた。

――これは、自分たちが初めて交わす口づけだ。

エグバートは分からないが、アンジェリカにとってはまさに初めての口づけである。

かあ、と頬に血が上って、その顔を見られたくなくて俯こうとする。

その初々しさに、周囲からは微笑ましい視線が送られた。

こうして、二人は無事に夫婦となったのである。

場所を移して行われた披露宴は、盛大なものだった。バルコニーでのお披露目の後、重いドレスを引きずって移動した先では、今度は大勢の賓客(ひんきゃく)たちがかわるがわる挨拶(あいさつ)に訪れる。それに笑顔で応えながら、アンジェリカは内心でため息をついた。

(ドレスが、重い……早く終わらないかしら……)

新郎新婦は、披露宴を中座するのがこの国の習わしである。それに従って、エグバートはアンジェリカを抱え上げると微笑んで退室する旨を告げた。

その姿は、おおむね好意的な視線で見送られる。

「重いでしょう、エグバートさま……あ、歩けますから……」

かなりの量を飲んでいたように見えたのに、エグバートの足取りは全く危なげない。しかし、婚礼衣装のドレスがかなり重いことを身をもって知っているアンジェリカは、エグバートにそう声をかけた。

「婚礼の日は、新郎は寝室まで花嫁を運ぶものでしょう?」

「それは……でも、王宮は広いですから……」

披露宴を行った広間から、エグバートの――これからは、アンジェリカも共に生活することになる――部屋は遠い。三か月の間、王宮に通って地理を頭に入れたアンジェリカは、途中で下ろしてもらおうともがいた。

「ほら、暴れない」

細身の身体のどこにこんな力があると言うのか、もがくアンジェリカを器用に押さえつけて、エグバートはどんどん進む。その表情は、楽しげですらあった。

せめて自分にできることは落ちないようにしっかり掴まることくらいだ。首に手を回し、ぎゅっとしがみつくと、彼の身体が見た目よりもしっかりしているのがダイレクトに伝わってくる。

男兄弟しかいない家庭で育ったとはいえ、こんな風に密着する機会などないに等しい。初めて感じる男の身体の硬さ、その力強さに眩暈がしそうだ。

「さて、着いたよ」

部屋の前で控えていた騎士が、扉を開ける。今日の護衛が兄でなかったことにアンジェリカは感謝した。こんな姿を見られるなんて、想像しただけでも恥ずかしすぎる。

室内に入り、煌々と灯りがついた部屋をエグバートの足がつかつかと横切っていく。二つめの扉が、侍女の手で開かれた。おめでとうございます、の声にエグバートが何か答えている。しかし、既に恥ずかしさで飽和状態のアンジェリカの耳には何といったのかよく聞き取れなかった。

その扉が静かに閉められて、途端に部屋の中が薄暗く感じる。寝室だ、と気が付いた時には、アンジェリカはそっと寝台に下ろされていた。その手つきが存外優しくて、胸がざわつく。まるで、大切なものとして扱われているようでくすぐったい。ただ、都合がいいから選ばれただけだと頭では分かっているのに――。アンジェリカの胸が、ちくんと痛みを覚えた。

こんな風にされたら、勘違いしてしまいそうになる。

――そんなことを考えていたせいだろうか、アンジェリカは自分の置かれた状況に気付いていなかった。

「湯浴みをする？　……と聞きたいところだけど」

エグバートの声がやけに近くで聞こえる。え、と思った時には既に端整な顔が間近にあった。アンジェリカに覆いかぶさった彼が、ちゅ、と音を立てて唇を合わせる。

後ろ頭を探っていた指が、器用に動いて結い上げた赤い髪を解く。ぱらりと落ちたそれを、手櫛で梳いた。

そのまま抱え込まれて、口づけがだんだんと長くなっていく。息苦しくて開けた口の隙間から、ぬるりと何かが侵入した。

「え、あ……⁉」

アンジェリカの困惑をよそに、エグバートの舌が口腔内を蹂躙する。唾液の混じり合うぐちゅぐちゅという音が聞こえて、アンジェリカは真っ赤になった。

歯列をぐるりと舐められたかと思うと、舌の付け根をくすぐられる。唇を塞がれたアンジェリカは「ん、ん」と言葉にならない声を発した。どちらのものとも分からない唾液が喉を滑り落ち、呑み切れなかった分をじゅっと吸い取られる。その行為だけで、頭がくらくらしてきた。じわじわと、身体の奥が熱くなる。

アンジェリカとて、夫婦が閨で何をするかくらいは母から教えられていた。だから、この行為の先にあるのが子作りのためのものだと知識では知っている。

だが、それが自分とエグバートとの間で行われることは想像していなかった。仲睦まじい夫婦のふりをする以上、初夜も執り行ったふりをするだけだと思い込んでいたのだ。

「ま、まっ……」

「だめ、待てないよ……ほら、ちょっと腕を……」

いつの間にか、ボディスのくるみボタンが外されて、コルセットの紐まで解かれている。花嫁衣装を脱がせるのは、新郎の役割だとはいうけれど、これは何かが違っている気がする。

少なくとも、こんな行為をしながら脱がせる伝統はないだろう。

そんなことを考えている間に、持ち上げられた腕からドレスが引き抜かれる。性急に見えて、丁寧な所作に育ちの良さが窺えた。

ただ、それとは裏腹にエグバートの視線は熱い。煮えたぎるような欲を孕んだ翠の瞳がアンジェリカを捉えて離さない。掠れた声に、少し乱れた礼服。いつの間に取ったのか、白いタイが床に落ちている。その上に、アンジェリカの着ていたものがぱさりと落とされた。次いで、わずらわしそうに脱ぎ捨てられたエグバートの白い礼服が重なる。肌着をめくりあげられて、白い胸が露わにされた。はあ、と熱い息を吐いたエグバートがじっとそこを見つめる。

「綺麗だね」

「な、何を——!」

ぽつりと落とされた言葉に、アンジェリカの顔が熱くなった。この状況だけでも耐えがたいのに、そんな感想を言われるなど、頭がおかしくなりそうだ。思わず反論しようとした時、エグバートの指が膨らみを撫でた。つつ、と滑る指の感触が生々しい。

「は、柔らか……」

遠慮がちだった動きが次第に大胆になり、ついには掌で揉むようにして乳房の形を変えてゆく。持ち上げたり、揺らしてみたり、まるで好奇心を満たす子どもみたいに夢中だ。ひとしきり感触を楽しんだエグバートが、今度はその先端へと口を寄せる。

「は、あ、あっ……」

　ぱくり、と食いつかれて、唇でむにむにと挟まれる。舌先が遠慮がちにつんつんと先端をつつく。その刺激に、アンジェリカはたまらず声をあげた。

　その反応に、口角を上げたエグバートが、もっと大胆に先端を舐めあげ、時折吸い付いてくる。気付けば、反対側の先端は指先で摘まれ、くにくにと捏ねられていた。

「あ、ん……っ、あ、あ、いや、なんか、へん……っ」

「ん、かわいい……」

　刺激されるたび、身体中がしびれてゆく。全ての感覚が、胸の先に集まったかのように敏感になって、与えられた刺激を余さず拾おうとする。

　それだけではない。触れられてもいない、お胎の奥がうずうずと未知の感覚を伝えてくる。それをどうにかやり過ごしたくて、アンジェリカは身じろぎした。

「ふふ、かわいい……かわいいアンジェリカ、ほら、腰が揺れている。素直でいい身体だね」

　それに気付いたエグバートが、からかうように口にする。まるで、淫らな女だと言われたような気がして、アンジェリカは首を振った。青い瞳に、じわりと涙が浮かぶ。

　それをぺろりと舐めて、エグバートが妖艶に笑った。

「いいんだよ、アンジェリカ。もっともっと、乱れたきみが見たい」

　そう告げた手が腰を撫でる。アンダースカートと、重ねられたパニエをするりと引き抜くと、下腹の上に手を置いた。

「そして、ここに……僕を受け入れて」

欲にけぶる瞳、うっとりとした声。その全てが自分に向けられたものだ、と理解したアンジェリカの胎の奥がきゅんと疼く。そこから、とろりとした何かが溢れていることに気が付いて、思わず太ももを擦り合わせた。

その様子に目を細めたエグバートが、最後の砦、ドロワーズに手をかける。ぐい、と引き下ろされて、淡い繁みが晒された。そこへ、長い指が伸ばされる。

「ま、待って――待ってください、殿下……！」

「エグバート」

その先を止めようとしたアンジェリカの言葉に、何となく憮然としたエグバートが自分の名を言う。一瞬、自分のしようとしたことを忘れて、アンジェリカは間抜けな声をあげた。

「へっ？」

「だから……なに、夫の名前も忘れてしまったの？　寂しいなぁ」

つまり、名前で呼べということだろうか。恐る恐る名前を口にすると、どうやら正解だったようでエグバートが満足げに頷く。

「そう、それでいい。いつになったら名前を呼んでくれるかな、って思っていたのに、結局閨の中でも殿下なんて呼ばれたら……寂しいじゃないか」

「あ、は、はい……？」

「で、何かな？　かわいいアンジェリカ」

微笑みを浮かべ、さわさわと繋みをくすぐりながらエグバートが続きを促す。時折、悪戯に指の先がその奥へ潜り込もうとしては引き返していく。もう少し先まで指が届いたら、そこがもう溢れるほどに濡れているのが分かってしまうだろう。羞恥を何とか堪えて、アンジェリカは口を開いた。

「エグバート……さま、この行為は契約外では……？」

その言葉に、エグバートが目を瞬かせた。

「ふむ……」

指を繋みで遊ばせたまま、エグバートが思案する。やがて、おもむろにその指が繋みの奥の秘められた場所をするりと撫でた。

「かわいいアンジェリカ、こんなに蜜を零しているのに、まだそんなことが言えるとはね」

くちゅ、と音を立てて指が秘裂を往復する。その音に、アンジェリカの顔は火を噴くのではないかと思うほど赤くなった。

エグバートの膝が器用に脚を割り、秘められた場所を露わにする。蜜口を嬲られて、ひくりと身体が震えた。

「なっ、あん、んんッ」

零れる蜜を絡め、ぐちゅぐちゅと音を立てながら指が動く。つぷ、と浅く差し入れられて、アンジェリカは身体をこわばらせた。

「大丈夫」

美しい笑みを浮かべたエグバートが、安心させるようにアンジェリカの額に唇を落とす。頬に、鼻に、そして唇に。

浅瀬をくすぐる感触と、愛おしむような口づけに、アンジェリカの身体がまた震えた。胎の奥の疼きが強くなる。もどかしい。その場所に刺激が欲しくて、アンジェリカの腰が揺れる。

「ん、素直だね……ねえ、アンジェリカ、分かる？」

「あ、な……何が……？」

「ここ、僕の指を呑み込もうとして吸い付いてきてる。もっと奥に来てほしいってねだってるよ」

「やだ、やだ、そんな」

かっ、と頭が熱くなる。浅ましい本心を見破られて、アンジェリカは羞恥に震えた。じわ、とまた涙が浮かぶ。

それを見て、エグバートがまた口角を上げた。

「いいんだよ……僕も早くこの奥に入りたい。だけど、その前にアンジェリカにはもっと気持ちよくなってもらわないと」

「きもち……よく……？」

「そう」

くちくちと入り口を嬲っていた指が、つぷんと引き抜かれる。ぬるりとした感触が、秘裂を撫で上げたかと思うと、慎ましやかな粒を掠めた。

「ひゃ、あ、ああっ」

「ん、ああ……ここか」

笑みを深めたエグバートが、その粒を探り当て、やわやわと擦る。その刺激に、アンジェリカはたまらず声をあげた。くりくり、くにくにと弄ばれて、目の前がちかちかする。

「やだ、こわ、こわい！　エグバートさま……！」

「怖くないよ、アンジェリカ。その感覚は、気持ちいいってこと」

「きもち……いい？」

粒を摘まれ、指で捏ねられて、あられもない声がアンジェリカの喉を駆け上がる。はっとして口を押さえようとした手が、捕えられた。

「もっと聞かせて。気持ちいいって言って？」

掠れた声が、アンジェリカを煽る。指の動きに翻弄され、思考が霞んで、何も考えられない。

胎の奥から、また蜜の溢れる感触がする。それをまた掬い上げられ塗りつけられて、疼きはますます大きくなる。痺れるような感覚が背筋を這い、びくびくと全身が震えた。

「あっ、あ、んんっ、やあっ」

「気持ちいい、だよ、アンジェリカ」

「あっ……きもち、いい……」

耳元に吹き込まれる声に抗えず、アンジェリカは言われるまま口にした。その瞬間、くに、と粒を潰されて、目の前が真っ白になる。

「ああっ、あああっ！」

全身が激しく痙攣する。ふわふわと浮き上がり、また落ちていくような感覚が身体を襲う。

くったりと弛緩した身体を撫でて、エグバートが満足げに笑った。

「ほら、上手だね……素直なアンジェリカ、きみはとってもかわいいよ……」

「……は、わたし……？」

朦朧（もうろう）とするアンジェリカの頬を、大きな手が撫でる。しゅる、と衣擦（きぬず）れの音がして、エグバートがシャツを脱ぎ捨てた。

細身でありながら、筋肉のしっかりとついた逞（たくま）しい胸元が晒（さら）される。吸い寄せられるように、その身体に手が伸びた。

しっとりとした肌の感触と、身体の硬さ、その熱が指に伝わる。

「くすぐったいよ。ほら、もっとしっかり触っていいんだよ？」

その言葉にはっとして、アンジェリカは思わず手を引こうとした。それを掴まれて、またその胸元へ戻される。

「分かる？　もう、苦しいほどだ」

どくんどくんと、エグバートの鼓動を感じた。それは、アンジェリカのものと変わらないほど速く、強く、脈動している。

「あ……興奮、してるの……？」

「そう、きみに触れられると思った時からずっとだ……」

切なげな声が胸に刺さる。かちゃ、とベルトを外す音がやけに大きく耳を打った。下（した）

穿きの中で、大きく膨らんだものが姿を現す。

「ここも、こんなに……」

は、と短く息を吐いたエグバートが、アンジェリカの手を導く。下穿きの上からそれに触らされて、アンジェリカは短く息を呑んだ。

「あつい……」

この部分を、アンジェリカの中に収めて子種を出せば、子作りのための行為は終わりだ。ごくり、と知らず喉が鳴る。熱くて大きなこれが、疼いた部分を満たすものだと、本能が理解していた。

「アンジェリカ、きみの中にこれを挿れたいんだ」

エグバートが懇願する。下穿き越しに、秘められた花びらにそれを押し付けられて、アンジェリカは身震いした。ぐちぐちと淫らな音が、耳に届く。

「あ、でも、そんな、ことをしたら」

目の前がまたちかちかしてくる。もう、何も考えられない。

「契約書には、この行為を禁止するとは書いていなかっただろう？　何も心配しなくていい、ただ受け入れてくれれば」

「あ、あっ……」

禁止するとは書いていない。確かにそうだ。

熱に浮かされた頭で、アンジェリカは必死に考えようとする。だが、うまく考えがまとまらない。

「あ、やあ……ッ」

蜜口に、指が差し入り浅瀬を嬲ったかと思うと、ゆるゆると侵入を開始する。先程とは違い、それは明確に奥を目指した動きだ。進んでは引き、引いては進み、蜜洞の中の感触を確かめるようにして、潜り込んでいく。

そうして、ぐちぐちと音を鳴らして、指が中を行き来する。

「ん、上手……ほら、僕の指を離さないと言わんばかりに吸い付いて、いじらしい……」

エグバートの声が情欲に掠れている。それを聞いたアンジェリカの中が、きゅっと指を締め付けた。

「ひゃ、あ……っ」

「うん、上手だよ……ほら、指を増やすね」

一度引き抜かれた指が、また同じようにして侵入ってくる。先程よりも大きくなった質量に、一瞬息が詰まった。

「大丈夫、ほら、ちゃんと息をして」

二本の指が、狭い中をほぐすように動く。違和感はあるが、苦しいというほどではない。ただ、潜り込んだ指が腹側の一点を擦(こす)った時、アンジェリカはびくんと身体を揺らした。

ん、と頷いたエグバートが、そこを重点的に刺激する。

「な、なに……これ、や、こわ……んっ」

「きもちいい、だよ。アンジェリカ」

ちゅ、と唇に口づけを落としたエグバートが、耳元で囁(ささや)く。そのまま、かり、と耳に歯を立てる。中がうねり、エグバートの指をきゅうきゅうと締め付けるのが、アンジェリカにもはっきりと分かった。

「あ、やだ、これ、きもちいい、きもち、い……ああっ」

執拗(しつよう)にその場所を弄(いじ)られて、腰が跳ねる。全身がかっと熱くなって、遠くへ放り出されそうだ。目の前の身体に縋りつくようにして、アンジェリカは必死でエグバートに教えられた言葉を繰り返す。だが、それを口にすればするほど、快感は強くなり、胎(はら)の奥に溜まっていく。

「ね、アンジェリカ……いいと言って」

声と同時に指が引き抜かれ、代わりに熱くて硬いものが蜜口に擦(こす)り付けられる。先端が少しだけ中へ潜り込み、その質量に眩暈(めまい)がした。

「あ、これ……」

「これを、きみの奥まで挿れる、許可を……」

苦しげな声でエグバートがそう囁く。先端を揺らすようにして、浅い部分をかき回され、敏感な粒を同時に捏ねられて、アンジェリカはとうとう陥落した。

それでも、口に出すのは恥ずかしくて、どうにか首を縦に振る。

「ありがとう……ん、少し痛むと思うけど、我慢して……」

額に口づけを落として、エグバートが腰を進める。二本の指でほぐされたとはいえ、それを受け入れるにはアンジェリカの中は狭い。隘路をこじあけるようにして、熱い楔が進んでいく。

「んっ……」

痛みを堪えてひそめられた眉を、エグバートの指がそっと撫でる。ごめん、と小さく呟いたかと思うと、唇に吸い付かれた。

緩んだ口の隙間から、彼の舌が侵入してくる。

舌先をくすぐり、根元を甘噛みされて、アンジェリカの気がそれた瞬間、ずん、とエグバートが奥へ入り込んだ。

「んん……ッ」

「ごめん、痛かったでしょう……？　これで、全部入ったから」

目尻に浮かんだ涙をそっと拭って、エグバートが満足げに笑った。その表情に、アンジェリカの胸も満たされていく。

「これで……」

「ん？」

「これで、終わり……ですよね？」

アンジェリカが知っているのは、男性のその部分を中に受け入れて子種を出してもらう――というごくごく初歩のことだけだ。それ以外は夫に任せなさい、というのが貴族の娘が母親から習う閨ごとの全て。

聞いていたよりも、だいぶ刺激的で恥ずかしいことだらけだったけれど、これで――でも。

「んー……まだ終わってはいないかな」

「えっ……んッ⁉」

にっこりと笑ったエグバートが、アンジェリカの下腹を撫でる。少しだけ腰を引くと、ゆっくりと奥へ動かした。

「んっ……こうして、ううん、もっと動かして、僕も」

言葉に合わせて、だんだんとその動きが大きくなる。エグバートが腰を前後させるたび、中に収まった熱い肉茎が擦れて、ぐちゅぐちゅと音を立てる。

先程まで、執拗に快楽を教え込まれた場所を、太くて硬いもので擦り上げられ、アンジェリカはまた甘い疼きの中へ引き戻された。

「あ、ああっ……あ、なッ……!?」

「ああ、アンジェリカ……すごい、気持ちいいよ……」

興奮したエグバートの声が、遠くに聞こえる。がつがつと奥を穿たれ、揺さぶられて、アンジェリカの中がきゅうきゅうとエグバートのものを締め上げた。

「エグバート、さま……わたしも、わたしも気持ちい……あッ」

「ああ、かわいい……かわいいアンジェリカ……！」

口づけを落とされ、敏感な粒を同時に刺激されて、アンジェリカの目の前で火花が散る。

「あっ、ああ……ッ！」

「くっ……」

全身がぶるりと痙攣して、目の前が真っ白になった。自分の中がうねり、より一層中の楔を締め付けるのが分かる。ほぼ同時に胎の奥に熱いものが広がる感触がして、ああ、これが、とおぼろげながら理解した。

弛緩(しかん)したエグバートの身体が、覆いかぶさる。その重みをどこか甘く感じながら、アンジェリカはくったりとした身体を寝台に投げ出した。

第三話　予想外のことばかり

「はあ……」

初夜は散々な目にあった。一度で終わるものとばかり思っていたアンジェリカを一晩中翻弄したエグバートは、その疲れが抜け切らぬ翌日も、さらにその翌日も、毎日のようにアンジェリカの身体を求めてくる。結婚から二週間、まさに完全なる蜜月状態。どこから噂になったのか、眩しいほどのご寵愛と囁かれる始末だ。全くもって、アンジェリカの予定と違う。

それでなくとも、エグバートは何くれとなくアンジェリカに甲斐甲斐しく尽くしてくれる。周囲に見せつけるためだとしても、やりすぎのような気がするほどだ。そうして優しい笑みを浮かべるエグバートに、時折きゅうっと胸が苦しくなる。

――おかしい。自分のことながら、それが何なのか分からない。

たまたま会った兄にその噂を教えられて、いたたまれない思いをしたのは昼のこと。妙ににこやかな兄の顔が浮かんで、首を振る。

――どうも、おかしい。

アンジェリカは一人、白い廊下を歩きながらため息をついた。

「あらぁ、王太子妃殿下、ご機嫌麗しゅう」

背後から声をかけられて、アンジェリカの肩がぴくりと跳ねる。この失礼極まりない声のかけ方、そして妙にかん高い癪に障る声の持ち主を、たった数日で覚えたくもないのに覚えてしまった自分が悲しい。

気分を変えようと思って部屋から抜け出してきたというのに、最悪だ。爽やかな風に安らいでいた気分が一気に下降する。内心がっくりとしながら、無視するわけにもいかず後ろを振り向いた。

「まあ、クレアさま……ご機嫌麗しゅう」

余所行きの声で挨拶を返す。すると、黄色いドレスを纏った、栗色の髪の美少女がフンと鼻を鳴らした。エイベル公爵家の長女、クレアである。

「噂になっていましてよ。まあ、なんでも王太子殿下が昼も夜もお傍から離れないと聞いていましたけど……今日はご一緒ではないの？」

「嫌ですわ、どなたがそんなことを？　殿下には公務もおありですもの、そんな四六時中ご一緒しているわけではございません」

ほほほ、と微笑み合う。しかし、双方の目が全く笑っていないことは、周囲の人間にははっきりと分かるだろう。二人の間に火花が散るのが目に見えるようだ。

彼女はアンジェリカがエグバートと婚約を発表するまで、ずっとエグバートを追いかけまわしていた女性のうちの一人だ。身分から考えると、クレアが有力候補だろうと誰もが考えていたし、本人も、おそらくそのつもりであっただろう。

しかし、蓋を開けてみれば全くノーマークの伯爵令嬢がその座に収まり、結婚までしてしまったのだ。クレアにしてみれば、腹立たしいに違いない。

「もう殿下に飽きられておしまいになったのかしら」

頬を赤らめて恥じらってみせると、クレアは眦を吊り上げた。最初のうちこそ、オブラートに包まれていた嫌味は、最近すっかり直截的になっている。いい加減、相手をするのにも飽きていた。

「心配ご無用でしてよ。ええ、昨日も……あら、嫌だ……」

あまりにも歓迎ムードが続いていたせいで、初めは、クレアの登場に内心「そう、これよ！」と叫んだものだ。正直なところ、こういうのは結婚前に来るべきだったのではないか、なぜいまさら、と思わないでもなかった。しかし、エグバートの予想外の行動に振り回され気味だったアンジェリカは、想像の範囲内に収まる彼女の行動に安心して、敢えて乗っかっていたところがある。

「……っ、精々今のうちに殿下のご寵愛を受けておくことね」

真っ赤な顔をしてそう捨て台詞を残すと、クレアは踵を返した。ずんずんと廊下を進む姿は、あまり優雅とは言えない。注意して差し上げるべきかしら、と一瞬迷ったが、火に油を注ぐだけだと思い直す。

それにしても、とアンジェリカは首を傾げた。「今のうちに」というのはどういうことだろう。たとえ、アンジェリカとの契約をエグバートが破棄して離縁されることになったとしても、クレアを新たな王太子妃に選ぶことはないだろう。何せ、契約結婚までして遠ざけたかった相手だ。そういった意味では、アンジェリカが離縁されたとしてもクレアが得をすることはない。

いや、でもそのことをクレアは知らないのだし、アンジェリカさえいなくなれば自分が、と思える理由でもあるのだろうか。

喉の奥に魚の小骨が刺さったかのような、小さな違和感がある。しかし、アンジェリカは肩をすくめ、それを頭の隅に追いやって、部屋へ戻ることにした。

「どこへ行っていたの、かわいいアンジェリカ？」

どうやら、今日は一歩遅かったらしい。部屋の中では、エグバートが腰に両手を当てて仁王立ちしている。口元は笑っているが、その翠玉の瞳には剣呑な光が宿っていた。お茶の用意を頼んでいたブリジットが、その背後で困ったように微笑んでいる。

「少し……気分転換に、お庭へ行こうかな、と……」

「そういう時は、僕か近衛を呼んでっていつも言っているでしょ？　だめだよアンジェリカ、王宮内でも一人にならないで」

「心配しすぎですよ、殿下……」

ここ数日、エグバートは少し神経質になっている、と思う。先程クレアには「四六時中一緒なわけではない」と言ったが、それはここ一週間くらいの話だ。実を言えば、結婚して最初の一週間は、結婚休暇だったので、それこそ文字通り四六時中一緒だった。

その時のことを思い出すと、頬が熱くなる。朝起きた時、午後のお茶を一緒に飲んでいる時、ただ何気ない会話を交わしていたはずの時。何が引き金になるのか、気付けば巧みな指使いに翻弄されて昇りつめ、エグバートの昂ぶりを受け入れさせられていたのだ。

まるで、愛されているのではないか——と勘違いしそうなほど、エグバートは執拗にアンジェリカの身体を求めた。

これが普通なのかよく分からないが、エグバートは自身の欲を解放することよりも、アンジェリカを高みに上らせることにご執心だ。契約で結ばれただけの妻に、まあよくそこまで、と呆れるほどである。

その結婚休暇が明け、初めて公務に向かう日、ぐったりとした彼女を尻目にきっちりと服装を整えたエグバートが一人で出歩くなと言ったのだ。

「きみが一日中起き上がれないほど体力を消耗させたいけど……」

ぼそりと呟かれた言葉が耳に届いて、アンジェリカは青くなった。今でも朝は体が動かないほどだというのに、まさかそれ以上を望んでいるのだろうか。

「アンジェリカにもやらないといけないことがあるものね……そういうわけにはいかないでしょう？　これでも譲歩しているんだから、アンジェリカも僕の言うことちゃんと聞いて、決して一人にならないでね？」

「……分かりました」

少し、心配しすぎではないのかしら。アンジェリカは内心そう思ったが、しぶしぶ頷く。それを見て、エグバートが安心したように微笑んだ。

――この時、エグバートが言ったことの意味を、もっとよく考えておけばよかったのだ。

エグバートが去ってしばらく後、とある事件に巻き込まれたアンジェリカは、薄れゆく意識の中でぼんやりとそう思った。

のちに、事情聴取に応じた立ち番の騎士はこう証言している。

「王太子殿下の伝言を妃殿下にお届けした後、立ち番に入った。妃殿下の使いで侍女が部屋を出てしばらくした頃、外庭の方から争うような物音と、女性の悲鳴が聞こえ、急ぎその場へ向かった。しかし、不思議なことに争った形跡はなく、また悲鳴を上げたはずの女性もいなかった。不審に思い、慌てて戻ったところ、立ち番の相方が部屋の前に倒れていた」と。

もう一人の騎士は、うなだれて次のように述べた。

「悲鳴が聞こえたのち、一人でこの場に残ったが、背後から殴られ気を失った。不覚を取ったこと、言い訳のしようもない。処罰はいかようにもお受けいたします」

また、部屋付きの侍女ブリジットは、こう証言している。

「妃殿下は、王太子殿下の伝言をお受けになった後、くつろいでお茶を飲んでおいででした。私が寝室の準備をして参ります、と声をおかけした時、他の侍女に殿下への差し入れの相談をなさっていたのを覚えています。部屋に戻った時には、その侍女も妃殿下もおられませんでしたので、てっきり王太子殿下のところへ向かわれたものと……。その後、近衛の方が血相を変えてこられて、私……」

そして、直前まで共にいた侍女は、顔色を失くし、声を震わせながらもこう話した。

「妃殿下より、王太子殿下への差し入れについてご相談をお受けしました。厨房へ確認に行ってほしいとのことでしたので、ブリジットが戻ってから……と申し上げたのですが、それでは殿下のもとに行くのが遅くなるから、と。それで、部屋を出ました……それが、まさか、こんな……っ」

この日、ほんのわずかに緩んだ警備の隙をついて、王太子妃アンジェリカが姿を消した。

確かに、物語みたいだと思ったけど。

アンジェリカはため息をついた。腕を縛られ、転がされた状態ではそれくらいしかできないのだ。

（誘拐かあ……）

何もここまでのことは望んでいなかった。

愛されない形だけの妻は、手もつけられず放置される、というパターンはエグバートの手により見事に崩された。

丁々発止のやりとりでエグバートの寵を競い合う後宮設定もなし。まあ、そもそもロイシュタ王国には後宮はないのだが。

確かに、陰謀渦巻く宮廷で危機に陥る王太子妃――というのは鉄板ではある。

（さすがに、ここまでは望んでなかったなあ……）

心の中でぼやいてみるが、腕を縛っている縄はどうがんばっても解けそうにないし、さっきからこちらを見ている男から逃げきれる気もしない。

――かといって、助けを待つ間にアンジェリカに一切危害が加えられないとも思えない。どうにかして、自力で脱出する方法を考えなくてはいけないだろう。

ふう、ともう一度ため息をついて、目の前の男を仰ぎ見る。

エイベル公爵ブランドン。何代か前に降嫁した王妹の血を受け継ぐ、由緒正しき貴族。その男が月明かりの下で、冷たくアンジェリカを見下ろしていた。

「……良い格好ですな、王太子妃殿下」

沈黙を破り、ブランドンが口を開く。言葉こそ丁寧だが、その口元はいびつに歪み、嘲る気配を隠そうともしない。

「なかなか快適よ。公爵閣下もいかが？」

「ふん、一丁前に気ばかり強い。エグバート殿下はなぜこんな娘を」

鼻を鳴らし、大げさな仕草で頭を振る。その様子を見て、アンジェリカは内心舌を出した。あなたの娘みたいなのに追いかけまわされるのに辟易していたからに決まっているでしょう、と言ってやりたいところだが、逆上させるのはまずい。

(――まあ、一番大きな理由は別でしょうけど)

それを口に出してしまったら、アンジェリカはおそらく生きて帰れまい。きっとエグバートは、こういう事態を想定していた。アンジェリカにしつこいほど「一人になるな」と釘を刺していたのだから。こうして誘拐されるまで気が付かなかった自分の間抜けさに歯噛みしたくなる。だが、わざわざ誘拐などという手段を取ったからには、まだ生かしておきたい理由があるのだ。何も、自分で自分の首を絞める必要はない。

切り抜けられれば、エイベル公爵の企みを潰すことができる。今は、それを優先するべきだろう。

「さあ……わたくしのどこを気に入ってくださったのか、今度殿下にお伺いしてみましょうか」

そう笑ってみせると、ブランドンはまた嘲るような視線をアンジェリカに向けた。馬鹿な娘だ、と顔に書いてある。

「また殿下のお傍に戻れるなどと、考えているのではあるまいな」

「あら、わたくしは王太子妃でしてよ……お傍にいるのが当たり前でしょうに」

敢えて気取った言葉遣いで、相手の神経を逆なでする。それが功を奏したのか、ブランドンの眉が、ぴくりと動いた。いらいらとした様子で足を鳴らし、アンジェリカをねめつける。

怖がっていることを悟られてはいけない。気を奮い立たせて、その視線を真正面から受け止める。しばしの間、カツカツと打ち鳴らされる靴音だけが薄暗い部屋の中を支配した。

思えば、このブランドンという男のことが、アンジェリカはどうにも好きになれなかった。

野心に満ちたギラギラした瞳に、他人を見下した態度。表向きはうやうやしく振る舞うが、その全てが透(す)けて見える。

披露宴で挨拶(あいさつ)を受けた際に、馴れ馴れしく手を握られて、鳥肌が立ったのを思い出す。エグバートがさりげなく引きはがしてくれなかったら、自分で叩き落としていたかもしれない。

「……れぬようにしてやろうか」

いつの間にか、靴音が止んでいる。低く、小さな呟きがブランドンの口から発せられたが、アンジェリカの耳はその言葉をうまく捉えられなかった。

「――え？」

「殿下のお傍に、もう戻れぬようにしてやろうかと言ったのだ」

ブランドンの口元が歪む。嫌な笑い方だ、とアンジェリカは思った。ぞくり、と背筋に悪寒が走る。

「何を、する気なの……」

「ふん、もとより戻す気もないが――殿下とて大切な王太子妃が他の男に汚されたとなれば、なおさら我らの言を退けるわけにいかなくなるだろう」

すう、と血の気が引く。青ざめたアンジェリカを、愉悦を含んだまなざしでブランドンが見下ろした。そんな無茶苦茶な話があるものか、と叫びたいのを必死に堪え、ごくりと唾を呑む。

（汚す？　汚すって、まさか……）

おぞましい想像に、身の毛がよだつ。しかし、これは好機かもしれない。まさか、縛ったままで行為に及ぶということはあるまい。縄を解いてもらえさえすれば、あるいは――

そう、必死に考えを巡らせる。

部屋の装飾から見て、ここはおそらく公爵邸だろう。ごてごてとした装飾が悪趣味だ。

まあ、趣味は人それぞれなのだから、アンジェリカの好みとはかけ離れている、とでも言いなおそうか。

であれば、王都にあるタウンハウスに違いない。正直なところ、こんな場所に連れてくるなんて馬鹿なのかと思わないでもない。踏み込まれでもしたら、一巻の終わりだろうに。

「そういえば、殿下は随分と妃殿下にご執心だとか。おおかた、この貧相な身体を使ってたぶらかしたのだろう。よほど具合が良いのかな？」

いつの間にか、ブランドンの顔が近くに寄っている。冷静なつもりだったが、やはりそうではなかったのだろう。余計なことを考えすぎた。歯噛みするアンジェリカの頬にカサついた手が触れる。

あからさまな言葉を投げかけられ、怒りと羞恥（しゅうち）で顔が赤くなる。ふん、と鼻を鳴らしたブランドンが、ぐっと顎を掴んだ。

「——光栄に思ってほしいものですな、妃殿下。正統な王家の血を引く高貴な人間である私が、自ら試してやろうというのだから」

「なに、を——」

「王太子殿下にも困ったものだ。正統な血筋である我らエイベル公爵家の血を王家に戻すべき、と何度もご忠告申し上げたというのに」

昏い笑みを浮かべたブランドンの手が伸びる。ドレスの上から力任せに胸を掴まれ、その痛みにアンジェリカは顔をしかめた。ぞわ、と全身が粟立つ。

「若い者はもう知らぬかもしれぬな。聞いたことはないか、六代前の王にまつわる噂を――」

滔々と、ブランドンは王家とエイベル公爵家の歴史について語る。

「六代前の王、アリスターとその妹アラーナの話だ。二人は正妃の産んだ兄妹と世間では思われている。だが、アリスターめは当時の王の愛妾であった、名も分からぬ女が産んだ子よ。その不義の子を、正妃の子として育てただけでは飽き足らず、正妃の子であるアラーナを公爵家に降嫁させ、王位まで……ッ！」

胸を掴んでいた手に力がこもる。上げかけた悲鳴を呑み込み、アンジェリカは気丈に声をあげた。

「それでも、王のお子であることに変わりないではないですか！」

「不義の子だぞ！　それも、どこの馬の骨とも知れぬ下賤の女が産んだ……ッ！　アラーナに婿を迎え、正統な血筋を後世に伝えるのが筋と言うものだろうが！」

激高したブランドンが、どん、とアンジェリカを突き飛ばす。けほ、と咳込むアンジェリカに馬乗りになると、ドレスの首元に手をかけた。ぐい、と力任せに引っ張られて、ピリリと布地の裂ける音が響く。

「再三、エイベル公爵家の者を王妃とし、血筋を正すべきと訴えてきたというのに……仮面舞踏会で王妃を見つける？　冗談じゃない、そうやって王家の血を汚し続けるというのなら、力ずくで……ッ」

ボタンがはじけ飛び、白い喉が露わになる。そこをべろりと舐めあげられて、アンジェリカは必死に身体をばたつかせた。しかし、後ろ手に縛られた上に、体格の良いブランドンに圧し掛かられていては、大した抵抗にもならない。

「い、いやっ……」

「おまえもおまえだ……！　一度断ったというのなら、最後まで断り続ければよいものを……ッ」

言っていることが無茶苦茶だ。血走った目をぎょろつかせ、ブランドンは、さらにアンジェリカのドレスを引き裂こうと裂け目に手をかける。必死の抵抗を見せるアンジェリカに舌打ちすると、その頬を平手で打った。

「大人しくしろ……痛い思いはしたくないだろう」

ぎり、と唇を噛む。勝手に涙が零れてしまうのが悔しい。布の裂ける音、デコルテを這うカサついた手。それが、今度はコルセットを無理やり引き下げようとする。

（エグバートさま、ごめんなさい……）

――その時、窓の外で何かがチカッと光るのが見えた。え、と思う暇もなく、窓ガラスが勢いよく割れ、誰かが部屋へ転がり込んでくる。

「そこまでだ、エイベル公爵」

ひたり、とブランドンの首に剣先が突き付けられる。月明かりを受けて、それは鈍い光を放つ。

そこに立っていたのは、王太子エグバートその人であった。

第四話　契約の行方

あの誘拐騒ぎから一週間。

その間、エグバートはアンジェリカのいるこの部屋へ戻ってくることはなかった。ブリジットは、この騒ぎを収めるためにお忙しいのでしょう、とアンジェリカを慰めるが、当の彼女はその理由を理解している。

アンジェリカとの結婚は、王宮内に潜む不穏分子を一掃するための餌、だったのだ。

（殿下の都合での結婚と分かっていた、つもりだったけど……）

エグバートの優しくも激しい愛撫に慣らされた身体では、ひとり寝の夜は寂しい。いや、そうではない。ただ抱き締めてくれるだけで、満たされるのに。

冷えた寝台に潜り込み、ぎゅっと自らの身体を抱く。目を閉じて、アンジェリカは思った。

もう、あの腕に抱き締められることも、熱く求められることもないだろう。エグバートの演技は完璧だった。それこそ、アンジェリカさえ騙されてしまうほどに――もしかしたら、愛されているのでは、と錯覚するほど。

あの時作成した契約書に、エグバートが記したのはたった一行。「エグバートが望む限り、この婚姻を続ける」という一文だけだ。それは、裏を返せば「望まなくなったなら、この婚姻を解消する」ということだろう。

エグバートの狙い通り、エイベル公爵の野望は潰された。であれば、契約上の妻はお役御免というのが妥当だ。

これからは、もっときちんと愛すべき人を探して王太子妃に迎えることができる。ずきん、と胸の奥が痛みを覚え、アンジェリカの頬を涙が伝った。

こんなことになるのなら、結婚など軽率に引き受けるのではなかった、と思う。共に過ごすことで、これほどエグバートを好きになってしまうなんて、想像もしなかった。

ぽろぽろと零れる涙を拭うことも忘れて、アンジェリカは静かに瞼を閉じ、枕に顔を埋めた。


そして、その夜。一週間ぶりに見るエグバートは、少しだけやつれていた。疲れの滲む顔つきに、アンジェリカの胸が痛む。

「アンジェリカ……」

できるだけ表情に出さないよう気を付けていたつもりだったが、指先の震えだけはとめられなかった。ぎゅっと握り込んだ手に、エグバートが触れる。

「――触らないで」

「……アンジェリカ、違う、違うんだ」

振り払おうとした手を、エグバートがやや強引に捕まえた。ぐっと腕を引かれて、抱き締められる。こんな風に触れられたら、決意が鈍ってしまう。だから、敢えて突き放すような言葉を選んだというのに。身をよじって逃れようとしたアンジェリカは、その腕が震えていることに気が付いて動きを止めた。

「もう、お役御免なのでしょう……？」

そう、ぽつりと呟く。アンジェリカを抱き締める腕に、力がこもった。

「違う……！」

呻くように、エグバートが言葉を発する。さっきから、ずっと同じ言葉を繰り返してばかりだ。一体何が「違う」というのだろう。そんなアンジェリカの疑問をよそに、エグバートが零した言葉は予想外のものだった。

「アンジェリカ、すまなかった……怖かっただろう……」

いたわるように背中を撫でられて混乱する。ゆっくりと首を振ると、腕の力が緩み、身体が離れた。そのことに、少しだけ寂しさを覚えてアンジェリカが視線を上げると、エグバートの切なげな瞳とかち合う。

(そんな目で見ないで)

決意が揺らいでしまう。エグバートが妙な罪悪感に囚われないで済むように、自ら身を引くつもりでいたアンジェリカは、その視線から逃れようと俯(うつむ)いた。だが、エグバートがそっと頤(おとがい)に手を添え、ゆっくりと上を向かせる。

しっかりと視線を合わせ、エグバートはもう一度「すまなかった」と口にした。

視線を逸らさず、エグバートが話を続ける。アンジェリカは、黙ってそれを聞いていた。

「アンジェリカを、あんな目にあわせるはずじゃなかったんだ」

「確かに、アンジェリカに結婚を申し入れたのは、エイベル公爵に対する抵抗策のひとつだった。あのまま僕が手をこまねいていたら、クレア嬢と結婚させられていただろうから」

予想通りの言葉に、アンジェリカは軽く頷いた。最初にエグバートから求婚を受けた時に、そのことについては考えていたのだ。——まあ、エイベル公爵の真の思惑までは想像できなかったけれど。

「だけど、その結婚相手にきみを選んだのは、都合のいい存在だったからじゃない」

一呼吸おいて、エグバートはもう一度アンジェリカの瞳をじっと見つめた。翠玉の瞳に、ほんのりと熱がこもる。

「僕は――以前から、アンジェリカ、きみのことが、好きだった」

「――え？」

アンジェリカは目を瞬かせた。混乱するアンジェリカの手を取り、エグバートが続ける。

「きみは、きっと気が付いていなかっただろうけど、僕はあの舞踏会で出会う前からきみのことを知っていた。ほら、きみはたまに、デイヴィットに差し入れを持ってきていただろう？」

「え、ええ……」

暇人だったもので、などという軽口を挟める空気ではない。

「それを見かけて、その……最初は、笑顔のかわいい子だな、って思ってた」

「かわっ……」

「デイヴィットと話をしている時のきみは、とっても自然な笑顔をしていて――その姿を見るのが、僕の唯一の癒しの時間だった」

どこか、懐かしむようなまなざしをして、エグバートは語り続ける。不意打ちを食らって、アンジェリカの顔は真っ赤だ。

「でも、あの頃きみには婚約者がいて――」

その口調には、悔しげな響きが滲む。兄のようだった婚約者を思い出して、アンジェリカの胸がちくりと痛んだ。

「その婚約者が事故で亡くなったと聞いて、僕は――申し訳ないけど、正直なところ、少し喜んでしまった。もしかしたら、チャンスが巡ってくるかもしれないって。情けない限りだけどね」

エグバートが首をすくめる。

「そんな人間だったから、罰が当たったんだろう。その頃から、エイベル公爵は露骨にクレア嬢を王太子妃にするように迫り始めた。ややもすれば、薬を盛られて既成事実を作らされたかもしれない。あの日も、そうやって追ってくるクレア嬢から逃げていたんだ」

あの日、というのは仮面舞踏会の日のことだろう。やけに後ろを気にしていたエグバートを思い出して、アンジェリカは頷いた。どうやら、自分のドジが彼を助けたということらしい。

くすっと笑ったアンジェリカを見て、エグバートも困ったように笑う。

「きみとあの場所でぶつかったのは、本当に僕にとっては僥倖だったよ――覚えてる？

きみに結婚してほしいと言った日にも、僕はそう言った。あれは、本心だよ」

は、と自嘲気味にエグバートは息をついた。一気に喋りすぎて喉が渇いたのだろう。

水差しを手に取ると、なみなみとグラスに注いで一気に飲み干す。

「かわいいアンジェリカ……きみと結婚できて、僕は有頂天だった。朝も昼も夜も、きみのことばかり考えて。それでも、エイベル公爵が素直に諦めるとは思えなかった。だから、窮屈だろうとは思ったけど、きみが一人にならないよう気を配っていた」

もちろん、今となっては言い訳にすぎないけどね、とエグバートは唇を噛み締める。

その言葉に、アンジェリカは首を振った。謝らなければならないのは、自分の方だと思ったからだ。

「いいえ――エグバートさまには非はありません。私が悪いんです……自業自得だわ」

エグバートが何か言おうとするのを視線で制して、アンジェリカは続けた。

「あの日だって、私が油断していたんです。その場に侍女が一人もいなくなるのが分かっていたのに、用事を頼んだり――ノックの音に、何も考えずに扉を開けたりして……。だから、あんな目にあったんです。エグバートさまは、悪くない……」

「アンジェリカ……」

「エグバートさまのお傍に、長くいたくなかった。きっと、エグバートさまは本当に愛する方をゆっくり見つけて、その方と……。だから、長くいたくなかった。だって、このままお傍にいたら、私、どうしたってエグバートさまのこと、好きに、なってしまう」

青い瞳に涙が浮かぶ。ほろりと零(こぼ)れたそれを、エグバートの長い指が掬(すく)う。

「アンジェリカ、かわいい僕のアンジェリカ、それは――」

熱いまなざしに見つめられて、アンジェリカはこくりと頷いた。

「好きなの、私、だめだと思っていたのに、エグバートさまのこと、本当に好きになってしまったの……」

そう言い切った瞬間、エグバートが力いっぱいアンジェリカを抱き締めた。厚い胸板に頬を預けて、アンジェリカもまたその身体に腕を回す。

「かわいいアンジェリカ、逃がさない。ずっときみは僕のものだと思っていいんだね？」

その言葉に、アンジェリカは泣きながら何度も頷く。エグバートの唇が、その涙を掬(すく)い、そして、アンジェリカの唇と重なった。

「もう、これはいいだろう？」

明くる朝、にやにやと笑ったエグバートが、紙をひらひらさせる。その紙が例の契約書だと気が付いて、アンジェリカは真っ赤になった。

もともと、形だけの――それも短期間で終わるだろう結婚生活に、何か拠り所がほしくて作った契約書だ。あの時は、御しやすい相手を選んだのだろうと思っていた。それこそ、愛する人を見つけるまでの、仮初の妻として、だ。

エグバートの気持ちを知った今となっては、ただ自分の穿ったものの見方が恥ずかしいばかりである。そもそも、エグバートが最初からきちんと気持ちを打ち明けてくれていたら、こんな恥ずかしい思いはしなかったのに。まあ、その場合自分が求婚を受け入れたかどうかは分からないけれど。

よくもまあ、笑い飛ばさず真面目にサインしてくれたものである。そこまでしてくれたのには驚いたが、まさか保管しているとは思わなかった。

「さ、かわいい僕のアンジェリカ――」

「それ、やめてください！」

気が付くと、寝台の上で手際よく寝間着を脱がされている。蕩けるような笑顔は、最初に会った時と変わらない。変わったのは、アンジェリカの方だ。

演技だと思っていたから受け入れられたのに、まさか本気で言っていたなんて。

昨夜のエグバートの言葉を思い出して、アンジェリカはぷるぷると首を横に振る。

アンジェリカの必死の抵抗をものともせず、エグバートの熱い掌が身体を這う。たまらず、アンジェリカは大声をあげた。

「待って、エグバートさま……あ、朝ですよ⁉　それに、昨夜だって……」

必死で抵抗しようとするアンジェリカに、エグバートが微笑む。

「心配ないよ。昨日までの一週間、寝る間も惜しんで働いてきたんだ。今日くらい休んだって誰も何も言いやしないさ」

「なっ……」

「もしかしたら、きみを失ってしまうかも、って思っていたんだ。そうしたら、もう仕事どころじゃないのは目に見えていたからね……」

笑顔でとんでもないことを言う。目を白黒させているうちに、あっという間に一糸纏(まと)わぬ姿にされていた。

「はぁ……かわいい……」

うっとりと露(あら)わになった胸を見つめ、そう言葉を零(こぼ)す。柔らかさを堪能(たんのう)するように揉み込みながら、尖(とが)り始めた先端に熱い息を吹きかけた。

「はは、アンジェリカは本当に素直な身体をしてる」

「や、それ、あ、あんっ……」

べろりと熱い舌が胸を這(は)う。ぷくりと勃(た)ちあがった先端を器用に避け、乳暈をくるりと舐められた。じんじんと先端に疼きが溜まり、そこに触れられないことが切ない。

「あっ、あっ、エグバートさまぁ……」

まるで甘えたような声が出て、アンジェリカは真っ赤になった。ふふ、と笑ったエグバートが、どうしてほしい、と視線で問いかけてくる。

意地を張ろうとしても、散々抱かれてエグバートの愛撫に慣らされた身体は容易く蕩け、次の刺激をねだって疼く。焦らしに耐えきれなくなって、アンジェリカは涙目で懇願した。

「あっ、さきっぽ……さきっぽも触って」

「こう？」

エグバートの舌先が、こちょこちょと先端をくすぐる。気持ちいいがもどかしい。あ、あ、と切ない喘ぎが口から零れ、もっと強い刺激を求めて自分から胸を突き出してしまう。

「ほら、気が付いてる？　本当にきみは……」

目を細めたエグバートが、アンジェリカの要望に応え、健気にピンと勃ちあがった先端に吸い付く。吸い上げられ、時折かり、と甘噛みされて、アンジェリカの目の前で火花が散った。

「ん、すっかり敏感になって……ほら、もうこんなに蕩けてる」

アンジェリカの下肢に伸びた指が、秘められた花びらの間へ潜り込む。既に、滴るほどに溢れた蜜がその長い指に絡まって、ぐちゅりと音を立てた。

慎ましやかな粒をくにくにと捏ね、アンジェリカの揺れる腰を押さえつける。

「あ、あ……ッ、だめ、もう……」

——昨夜の行為は、二人の気持ちを確かめ合うような穏やかな交わりだった。しかし、これまで執拗なほどの愛撫を受けて快楽に慣らされていたアンジェリカの身体は、まだ疼きを残したまま朝を迎えている。

そこへ、性急に高めるように導かれたのだから、ひとたまりもない。くりくりと粒を擦られ、胸の先端を甘噛みされたアンジェリカは、あっさりと達してしまう。

「あ、あ、やっ、もうイって、あッ」

幾度目かの行為の際にエグバートから教えられた通り、アンジェリカはそう口にする。

は、と熱い息を吐いたエグバートが、よくできました、と彼女の頭を撫でた。

笑みを浮かべて、くたりと力の抜けたアンジェリカの脚を掴むと、おもむろにがばりと広げる。とろとろと蜜を零す蜜口と、真っ赤に腫れあがった花芽が、エグバートの眼前に晒された。未だ嘗て、その場所をこんな風に見られたことはない。混乱するアンジェリカをよそに、エグバートの顔が近づく。

「え、やっ……そんなとこ、ひゃ……」

何を、とアンジェリカが思った瞬間、生暖かいものがぬるりとその場所を這う。ぴちゃぴちゃと音を立てるそれがエグバートの舌だと気付いて、アンジェリカは羞恥に震えた。

「あっ、や、エグバートさまぁ……やだ、気持ちいいの、やだ……きたな、あッ」

健気にもエグバートの教えを守り、気持ちいいと口にしながらも、恥ずかしくて泣きが入る。しかし、普段ならそこで終わりにしてくれるエグバートは、アンジェリカの訴えに耳を貸すどころか、かえって執拗にそこを舐めた。

まるで子猫がミルクを舐めるような、ぴちゃぴちゃした音が、アンジェリカの耳を犯す。時折じゅる、と吸い上げられ、その刺激に身体が震えた。

エグバートに教えられるまで知らなかった快楽の芽まで舌先が這い、時折吸い付かれる。びくびくと身体が跳ねて、溢れる声が止まらない。もはや、意味をなさない喘ぎ声が室内に響く。

やがて、エグバートが花芽をキツく吸った瞬間、アンジェリカは一際高い嬌声をあげ、身体をガクガクと震わせて頂点を極めた。

その様子を満足げに眺めると、エグバートは休むことなく下衣の前をくつろげる。既に天を仰ぎ、先端から汁を零した怒張がまろび出た。

二、三度それを蕩けきったあわいに擦り付けると、迷うことなく中へ突き立てる。
「あ、ああっ……！」

「は、アンジェリカの中、とろっとろ……」

情欲にまみれた掠れ声が、アンジェリカの鼓膜を揺らす。それに反応するかのように、中がきゅうっと締まった。

ん、と眉間にしわを寄せ、こみ上げる射精感を堪えたエグバートが、律動を開始する。達したばかりで敏感になっているアンジェリカの蜜洞はうねり、きゅうきゅうとエグバートの肉茎を絞り上げた。

「う、アンジェリカ、そんなに締めないで……」

「そんな、しらな……！　あ、やっ、いく、イっちゃ……！」

太い楔に余すことなくいい場所を擦られ、アンジェリカはもう堪えることもできず達してしまう。その締め付けに耐えきれず、エグバートも一拍遅れて欲望を放った。

「あ、は、はあ……」

肩で息をするアンジェリカの唇に、エグバートのものが重なる。ちゅちゅ、と啄むような口づけに、アンジェリカの身体からほっと力が抜けた。

「ん、アンジェリカ、大丈夫？」

「あ、ええ……え？」

うっとりと口づけを受け入れていたアンジェリカだったが、やがて何かに気付いたように表情をこわばらせ、エグバートの顔を見上げる。するとそこには、悪戯がバレた子どものような表情があった。

「え、今……」

「うーん、なんか……アンジェリカがかわいくて」

欲を放ったはずのエグバートのものは、まだその質量を保ったままだ。ずる、とそれがアンジェリカの中から引き抜かれ——る直前で、また突き入れられる。目の前でまた火花が散り、抗う間もなく再び強い快楽の渦へ突き落とされた。

「あッ、う、うそ……ッ」

「ごめん、アンジェリカ……もう少しだけ、ね？」

再び、激しい抽送が始まり、アンジェリカの身体が揺さぶられる。

「や、やだぁ、あ、ああ……ッ」

「は、あ、かわいいアンジェリカ……もう今日はずっとこうしていよ……？」

「む、むり……ッ」

——その日、王太子夫妻は一日中部屋から出てくることがなかったという。

今日も王宮の一室では、王太子の笑い声と王太子妃のわめき声が響いている。

「仲良きことは美しきかな……」

デイヴィットはそう呟くと、控えめに扉をノックした。

「エグバート殿下、俺、しばらく外しますんで！」

「おっ……お兄さま！　見捨てな、あっ」

「ああ、かわいいアンジェリカ、余所見はよくないな――」

「やだ、ここは……あ、だめっ……」

あっさり妹を見捨てて、デイヴィットは鼻歌交じりに歩き出す。初恋が成就した麗しき氷の王子さまは、春の日だまりに溶かされたってとこか――などと、似合わぬことを考えながら。


あの日、思い詰めた表情をしたエグバートが、アンジェリカと結婚したいと言い、頭を下げた時、デイヴィットは何の冗談かと思った。

デイヴィットにとってはかわいい妹だが、そこはそれ、器量は十人並みだし、とりたてて性格が良いわけでもない。どちらかといえば、跳ねっ返りと呼ばれる類だ。

ヴァーノン家は高位の貴族ということもなく、立ち位置は中の下、と言ったところ。特段、王太子の得になる家柄ではない。

どういうつもりなのか、と訝しく主を見つめると、頬を染めたエグバートが「その……実は……」とアンジェリカへの恋心を告げたわけである。

呆気にとられたデイヴィットが、それは本当にアンジェリカのことなのか、と何度も確認したのは、今となっては笑い話のひとつだ。

エグバートの置かれた状況は、デイヴィットももちろん知っていた。しかし、主の幸せを祈らずにはおれぬ。妹の幸せもだ。

必ずアンジェリカを幸せにすること、絶対に守ることを約束させ、彼は妹に話を持ちかけた。

「しっかしまあ……」

王太子夫妻の居室から離れた場所、しかし扉は見通せる位置に腰を落ち着けて、デイヴィットはひとりごちる。

「怖いお人だよ、殿下は」

あの日、アンジェリカが消えたと知るや否や、剣を手に飛び出そうとしたエグバートの眼光を思い出して、ぶるりと震える。目線だけで人を殺せそうだと思ったのは初めてだ。

どうにかそれを押しとどめ、万が一に備えてエイベル公爵邸を見張らせていた者に連絡をとると、確かに夕闇に紛れ質素な馬車が門を潜ったという。

「おまえたちは後から来い！」

そう叫んで今度こそ飛び出した殿下を追って、エイベル公爵邸にたどり着いた時、ちょうど警備を切り捨て門の中へと飛び込むところだった。

その姿、まさに鬼神の如し。

何とも恐ろしい人を敵に回したな、と思わずエイベル公爵の冥福を祈った。まぁ、死んでなかったけど。

その殿下が、翌日から死にそうな顔で「アンジェリカがいなくなったら……僕は……」とめそめそしながら後始末に奔走しているのを見た時は、さすがにどうしたものかと思ったものだ。どうも、気付いていないのは本人たちだけだったようだが、周囲からは完全に相思相愛のバカップルに見えていた。言わなかったけど。

何にせよ、デイヴィットにとって大切な人が二人、幸せになったのだ。ここは、昔ながらの物語よろしくこう締めるべきだろう。

「それから二人は、末永く幸せに暮らしましたとさ。めでたしめで――あっ」

廊下の反対側から、部屋付き侍女のブリジットが歩いてくる。主夫妻の邪魔をしないよう、止めなければ。

「おーい、ブリジット！」

「デイヴィットさま？　どうしてそんなところに……」

まだ日は高い。柔らかな日差しが注ぐ中、騎士と侍女の背中が小さくなり、やがてその影も消えていく。

青い空の下、こうして平和な一日が過ぎていった。

初の外遊先なのに、
どうやら歓迎されていないみたいです！

第一話　平和ないつも通りの日常

王太子妃誘拐事件から一か月。アンジェリカの生活は、おおむね平和であると言えた。

――エグバートが相変わらず毎夜のように求めてくることを除けば、であるが。

「身体がもたないわ……」

気怠(けだる)げな表情を浮かべて、アンジェリカは窓の外を眺めた。二階の窓からは、王宮の内庭が見下ろせる。

初秋を迎えていたが、そこでは未だ青々とした木々が風に揺れていた。開け放った窓からは、爽やかな風が入ってくる。秋の始まりを象徴するかのように吹くそれは、ほんのりと冷たくて心地よい。過ごしやすい時期である。

そろそろ、長雨の季節になるだろう。ほんのりとした肌寒さを連れてやってきた雨は、やがて冷たい風に変わり、冬へと季節を変えてゆく。

見下ろした視線の先には、エグバートと、アンジェリカの兄デイヴィットの姿がある。

どうやら、手合せの真っ最中のようだ。

「全く、お元気ねぇ……」

「エグバート殿下は、近衛隊に引けを取らない腕前の持ち主でいらっしゃるんですよ」

お茶を淹れながら、部屋付き侍女のブリジットが言う。へえ、と頷くと、彼女はにっこりと微笑み、妙な匂いが立ち上るカップを、すぐ脇のサイドテーブルへ載せた。

「さ、妃殿下。いつものお茶でございます」

「ありがとう」

そのカップを手に取って、アンジェリカはため息をついた。カップを満たしている少し緑がかった琥珀色の液体は、いわゆる薬草茶というものである。疲労回復や滋養強壮に用いられ、効能は王宮薬師のお墨付きだが、これがかなり――マズい。

それを身をもって知っているアンジェリカは、そこはかとなく哀愁を漂わせながら覚悟を決めると、一息にそれを飲み干した。

「うっ……」

「さ、妃殿下……お水を」

心得顔のブリジットがさっとカップを受け取ると、アンジェリカの手にグラスを握らせる。眉間にしわを寄せたアンジェリカが、これまた一気にその水を飲み干すのを見届けて、ブリジットはほうっと息をついた。

「仲睦まじくていらっしゃるのは大変喜ばしいことでございますが……」

「言わないで」

顔を伏せたアンジェリカが、弱々しい声でブリジットの言葉を止める。エグバートばかりを責めるわけにはいかない。毅然と拒めない自分も悪いのだ。

ただ、未だにどうもタイミングが掴めない。寝室にやってきたエグバートと、ちょっぴりのお酒を嗜みながら今日あった出来事などを話していた、はずなのに――気が付いた時にはもう寝間着は半分脱がされているし、不埒な手が身体のいたるところを探っている。そうなると、もうアンジェリカの身体は、持ち主ではなくエグバートの思うがままだ。自分の口から出ているとは思えない嬌声まで思い出してしまい、アンジェリカは頬を赤らめた。

内庭ではまだ、二人の手合せが続いているようだ。気合の声が、秋の風に乗ってここまで届いている。その声がふと止んだのに気が付いて、再び庭を見下ろすと、王太子と近衛騎士はどうやら休憩に入るところのようであった。

（どうしてエグバートさまは、あんなに元気なの……）

侍従に用意させた水を浴びるように飲む姿は、普段の優美さは鳴りを潜めていて、ときめくほど男らしい。あの剣を握る手が、昨夜も――と再び思い出しかけて、アンジェリカはぶんぶんと首を振った。違う、そうじゃない。

昨夜も散々アンジェリカを翻弄(ほんろう)したエグバートは、明け方近くまで彼女を離してくれなかった。そのくせ、アンジェリカが起床した時には、既に寝台から姿を消していたのである。

ということは、当然彼女よりも睡眠時間は短かったはずだ。起床時、しどけない姿を晒(さら)さずに済んだところを見ると、後始末もきっちりしてくれたらしい。それでいて、あぁしてデイヴィットと剣の稽古(けいこ)ができるとは。

「超人なのかしら」

アンジェリカは、ため息交じりにひとりごちた。

秋の空は高く、青々として雲ひとつない。その空の下、何やら大声で話しながら、再び王太子と近衛(このえ)騎士が手合せをしている。じつにのんびりとした、平和な光景だ。

アンジェリカは、ううんとひとつ伸びをすると、サイドテーブルに手をつき立ち上がった。午後からは、隣国シルト帝国の使者を迎えてのお茶会が予定されているはずだ。確か、二か月ほど前――つまり、アンジェリカとエグバートの結婚式が執(と)り行われた頃に、皇帝が崩御され、今は皇太子が代理を務めているという。

シルト帝国の皇太子は、エグバートと親交があると聞いていた。周辺諸国における人脈が広く、王族が顔を出す外交では何度も辣腕を振るっているそうだが、中堅貴族の出身であるアンジェリカは、未だ面識がない。結婚式で会うのを楽しみにしていたのだが、父親である皇帝の病状が思わしくないこと――もはや、その時には危篤状態だったのだろう――を理由に、急遽欠席の連絡を貰っている。

おそらくは、その彼の即位式絡みで話があるのだろう。結婚したばかりの自分まではどうだか分からないが、エグバートはきっと招待されるはず。

(そういえば、あちらはご結婚もまだだったわね)

エグバートと同じ年齢だったはずだから、二十三になるはずだ。遅いとは言えないが、即位するのであればやはり皇妃をお迎えすることになるのだろう。そのあたりも話題になるかもしれない。心のメモにそう書きつけて、アンジェリカはため息をついた。

「やっぱり、少しは手加減――いいえ、少し控えてほしいものだわ」

「……そうですね」

やや呆れ気味にブリジットが相槌を打つ。

眼下では、こちらに気が付いたエグバートが大きく手を振っている。元気いっぱいな様子にくすりと微笑んで、アンジェリカもまた手を振り返した。満面の笑みを浮かべた彼は、少しばかりかわいらしいな、と考える。

そんな主の姿に、ブリジットは心の中でひっそりとため息をついた。結局のところ、アンジェリカはエグバートに甘々だ。きっと今夜も勝利するのは王太子殿下だろう。

茶会の席が用意されたのは、秋口でも緑が眩しい庭園にあるガゼボである。白く塗られた八角形のそれは、アンジェリカのお気に入りだ。

ガゼボの近くには小さな川が流れていて、晴れた空を映した水面が煌めいている。夏の間はよく、そこに手を入れて涼んだものだった。

中にある板張りのベンチの上には、外観に合わせて白いクッションがいくつか置かれている。ベンチと同じ板で作られた瀟洒なテーブルには、白地に濃い青のラインの入ったカップが三客並べられ、湯気を立てていた。よく見ると、そのカップには金で王家の紋が描かれていることが分かる。

姿は見えないが、声の届く範囲には近衛隊が配置されているのだろう。今この場に姿があるのは、エグバートとアンジェリカ、そして帝国からの使者。それに、給仕の侍女が一人いるだけである。

同盟国とはいえ、他国の使者を迎えるにしては、簡素な茶会ではないか、と使者に紹介されながらアンジェリカはちらりと考えた。

「アンジェリカ、こちらがシルト帝国の使者で、エトムント・フォン・アーレンス子爵」

エグバートの紹介を受けて、こげ茶の髪をした青年が一礼した。さっぱりとした短髪の前髪の下から、深緑色の瞳がまっすぐにアンジェリカを見つめている。

年の頃は、二十代の半ば――エグバートと、そう変わらないだろう。人好きのする笑みを浮かべた好青年である。アンジェリカも、それに応えて礼を返した。

「妃殿下には、ご機嫌麗しく」

「全く……僕のかわいいアンジェリカを、そうまじまじと見るなよ」

唇を尖らせたエグバートが、エトムントに言う。それを聞いて、慌てたのはアンジェリカだ。

(他国の使者相手に何を言っているの……！)

そっとエトムントの様子を窺う。しかし、彼は全く気を悪くした様子はなかった。それどころか、愉快そうに深緑の瞳を細めると、からからと笑い声をあげる。

「これは失礼いたしました。お噂には聞いておりましたが、ふふ、ご寵愛が深いご様子で」

「そのわざとらしい言葉遣いもやめろ。もう……」

「これでも、今回は正式な使者として来ていますからね」

笑みを浮かべて気安く言葉を交わす二人を、アンジェリカは呆気にとられて見ていた。どうやら、二人は既知の間柄であるらしい。しかし、一体どこで、と思ったのが顔に出ていたのだろう。エトムントが笑いながら説明してくれた。

なんでも、エトムントは十代前半の頃、短期間ではあるが、ロイシュタ王国へ留学していたことがあるのだという。その時滞在していた王宮で、エグバートと親交を深めたのだとか。

その話を共に聞いているエグバートの表情から察するに、親交――とやらは、わりとろくでもない類のものだったに違いない。遊びたい盛りの少年たちが、王宮で何をしていたのか、考えただけでも笑ってしまいそうになる。

「エグバートさまにも、子どもらしい頃がおありだったのですね」

そうアンジェリカが呟くと、エトムントは片眉を上げた。

「さすが、妃殿下はご慧眼でいらっしゃる。……そうですね、当時はいろいろと、やんちゃをしたものです」

エグバートと目線を交わし、くくっと笑った彼は、そう昔の話を締めくくった。

次に使者としてエトムントが告げたのは、事前に予想していた通り、新年早々に行われるという新皇帝の戴冠式への招待である。即位には、議会の承認が必要となる。その後、司教による祝福を受けて戴冠式が行われるのだという。通常であれば半年間の服喪期間ののち、ということになるのだが、新年を迎えるのに合わせてひと月ほど早めて戴冠式を執り行うことにしたのだとか。

ただ、予想と違っていたのは、王太子だけでなく、妃であるアンジェリカを伴い夫婦で出席してほしい、という点であった。それを聞いて、アンジェリカはぱちぱちと青い瞳を瞬かせる。

「まあ、わたくしもご招待いただけるのですか?」

「もちろん。我らが皇太子殿下は、親しい友人であられるエグバート王太子殿下の結婚式に出席することを、それはもう楽しみにしておりました……。ぜひ、王太子殿下の心を射止めた妃殿下にお会いしたいと、熱望しております」

「あいつめ……」

なぜかエグバートが渋面で呟く。他国の皇太子を捕まえて「あいつ」呼ばわりとは全く困ったものだ。

そういえば、エグバートも確か十五歳から十七歳の二年間、シルト帝国へ留学していたはずである。先程エトムントが「皇太子殿下の親しい友人」と言っていたということは、きっとその時に親交があったのだろう。やはり、向こうでも同じように悪戯ばかりしていたのだろうか。もしかすると、そこにはエトムントの姿もあったかもしれない。悪戯っ子が二人揃って帝国の皇子を巻き込み、帝国の城で何をやらかしていたのか。

アンジェリカは机の下で見えないようにエグバートの脛を蹴りつけながら、なるべく優美に見えるよう微笑んだ。

「嬉しいわ……ぜひ、お伺いいたします」

「ありがとうございます。皇太子殿下もお喜びになるでしょう……それに、エグバート王太子殿下も、妃殿下と離れるなんて考えられないでしょう？」

「そりゃまあ……ね」

「もう、エグバートさま！」

わざとらしく渋面を作っていたエグバートだったが、エトムントの言葉を聞くと、途端に甘い笑みを浮かべ腰に手を回そうとしてくる。それを、アンジェリカはやんわりと押しのけた。とにかく、ここのところの彼は隙あらばくっつきたがるのだから始末に負えない。ただ、それが嫌ではないから、普段のアンジェリカは強くは拒めないでいる。

先日のエイベル公爵の一件が片付いて、想いを伝えあってからというもの、エグバートのアンジェリカに対する態度はまさに「甘い」の一言に尽きる。氷の王子と異名を取ったのが嘘だったかのように、常に蕩けるような笑みを浮かべ、ひと時も離れるものかという勢いだ。おかげで、アンジェリカが一人になれるのは、彼が王太子として執務に励む時間だけ。それさえも傍にいてほしい——と言われて目をむいたのは記憶に新しい。アンジェリカとて、エグバートがいない間にするべきことはたくさんあるのだ。

それでも、そんな彼の姿が周囲には微笑ましく映るようだ。そこがアンジェリカには理解できない。近衛隊長に昇進した兄——これにはアンジェリカは「契約違反だ」と怒ったが、正当な評価の上だと言われた——も、生暖かい目で見守っている。これも非常に恥ずかしいのでやめてほしい。できれば配置換えをしてほしいくらいだ。

エトムントも、その話を聞いたのだろう。にこにこと微笑みながら、エグバートとアンジェリカの姿を見つめている。恥ずかしさのあまり、アンジェリカは頬を染めて俯いた。

こんなことを、シルト帝国の皇太子に報告されたら、いい笑いものである。

「噂にたがわぬ、といったところですね。我らが皇太子殿下も、お二人のお姿を見て考えを変えられるとよいのですが……」

ふう、とため息交じりに零したエトムントの言葉に、一瞬エグバートが翠玉の瞳を眇めた。が、それはアンジェリカが見間違えたのかと思うほど、ほんのわずかの間のこと。すぐにまた、甘い笑みを浮かべ、別の話題を口にする。

かった。

しかし、なぜだかアンジェリカは、そのほんの一瞬のエグバートの表情が忘れられなかった。

エグバートとエトムントは和やかに話し続ける。

「テオバルトはきみを買っているしね、まあ順当かな」

「ええ、まあもう父も年ですので」

「即位に合わせて、きみも侯爵位を継ぐのかい？」

エトムントとの茶会の後、それぞれに公務をこなした王太子夫妻が次に顔を合わせたのは、夜の寝室でのことである。

「これから忙しくなるなあ」

いつものように長椅子に腰を下ろし、エグバートは手の中のグラスを弄びながら呟いた。隣に座ったアンジェリカは、その言葉を聞いて首を傾げる。

エグバートが忙しいのは、今に始まったことではない。王太子妃を迎えたことで、エグバートもいよいよ王位継承を視野に入れ、本格的に政治に関わり始めている。それでも、日に三度の食事と、午後のお茶の時間——そして夜の就寝時刻にはこうして共に過ごしているのだから大したものだ。無理をしているのでなければいいのだけれど。

そんなことを考えていたせいか、エグバートが行動を起こしたことに気付くのが遅れた。

「――そんな心配そうな顔しないで、かわいいアンジェリカ……」

いつの間にかグラスをテーブルの上に置いたエグバートが、アンジェリカの手からもグラスを奪う。あ、と声を発する間もなく腕を捕らえられた。エグバートの端整な顔が近づく。啄むような口づけを繰り返しながら、再びグラスを置いた手がアンジェリカの腰を抱き寄せた。

「ん……エグバート、さま……ぁ」

「アンジェリカ……」

毎夜慣らされた身体は、たったそれだけであっさりと熱を持つ。情欲にけぶる翠玉の瞳に見つめられ、背筋にぞくりと痺れが走った。

未だ夏物の、薄い寝間着の上から身体の線をなぞられて、吐息が零れる。その吐息さえも惜しいとでも言うかのように、エグバートの口づけが激しさを増した。

舌を吸い出し、扱きあげる。それどころか、呑み込めなかった唾液を啜られ、息ができない。くらくらと倒れそうになったアンジェリカを、エグバートの腕が優しく長椅子に横たえた。

「ごめんね、アンジェリカ……すぐそこなのに、移動する時間さえ惜しい……」

結婚して既に二か月以上が経っているが、ここまで性急なエグバートは珍しい。

思わずごくり、と喉を鳴らして圧し掛かってくる彼を見上げる。いつもは穏やかな翠玉の瞳がぎらぎらと輝き、頬が上気しているのが艶めかしくて、アンジェリカの口から吐息が漏れた。

「ふふっ……かわいいアンジェリカ、こういう時のきみは本当に素直だね」

「なっ……」

満足そうに微笑むエグバートに、アンジェリカの顔が真っ赤になる。身体を見ただけで、胎の奥が疼いたのを見透かされたような気がして、いたたまれない。思わず顔ごと逸らしたアンジェリカの首元を、ぬるりとした感触が這う。

「ん……ッ」

まるで、味わうかのように何度も舐めあげられ、時折軽く歯を立てられて、アンジェリカの身体は震えた。くすぐったいだけではない、身体の奥から痺れるような快感がふつふつと湧き上がり、アンジェリカを追い立て始める。

悪戯な舌先が、徐々に首から上へ移動する。耳の後ろをくすぐられ、耳殻を甘噛みされて、アンジェリカは甘い声をあげた。

「はあ……かわいい僕の奥さん……ここも、ここも……ちょっと触っただけで気持ちよさそうにして……こんな感じやすい身体になって……」

「そ、それは……っ、ん、え、エグバートさまが、あ……っ」

「僕のせいだっていうの？　ふうん……」

耳元に吹き込むように、エグバートが囁(ささや)く。少し意地の悪い響きを持ったその声に、身体の奥がきゅう、と疼(うず)く。

「じゃあ、僕が責任を持って、このかわいい身体を躾(しつ)けてあげないとね」

「え、しつ……あ、んっ」

言い終わるか終わらないかのうちに、エグバートの舌先が耳孔へ侵入する。じゅぶ、と直接頭の中に響く音が、どんどんアンジェリカを淫(みだ)らな気持ちにさせてゆく。

ぬるぬるとした舌の感触に思わずあげかけた声を堪(こら)えようと、口元に運ぼうとした手を押さえ、エグバートが囁(ささや)きかけた。

「ほら……いつも言っているでしょう？　かわいいアンジェリカ、きみの声を聞きたいんだって」

「あ、だって……恥ずかし、んっ」

「……これだけは、いくら言ってもなかなか、だね」

夜ごと抱かれながらも、アンジェリカの反応はいつも初々しい。そこがまた、エグバートを煽るようだが、意図してやっているわけではない。

最中の自分の声は、まるで自分のものではないような気がするし、触れられるだけで淫らに反応する身体も同様だ。最後にはぐずぐずに溶かされて、わけが分からなくなってしまうとしても、今この理性の残る時間だけは――

しかし、そんなアンジェリカのささやかな抵抗など、エグバートの前では無意味だった。

薄い寝間着越しに、エグバートの長い指がアンジェリカの胸に埋まる。柔らかさを堪能するように、何度かそうして揉まれているうちに、胸の先端が尖ってくるのが分かってしまう。狭い長椅子の上では、身をよじって逃げることも困難で、アンジェリカはなすがままそれを受け入れるしかなかった。

にんまりと笑ったエグバートが、アンジェリカに見せつけるようにそこへ吸い付く。

「あ、なっ……何、んっ……」

「ほら、唇は噛んじゃだめ……傷になったら大変だ」

「ふ、んんっ……」

唾液で濡れた布地が、もどかしい刺激を伝える。舌の先でつついたり、甘噛みをしたり――いつもされていることなのに、布地が一枚あるだけでこうも違うものなのか。少しだけ物足りない、と思ってしまって、アンジェリカはいやいやと首を振った。

そんな物足りない刺激でも、声は勝手に出そうになる。唇を噛み締めたアンジェリカを、エグバートが優しく咎めた。それでも、何とか堪えようと、アンジェリカは唇を引き結ぶ。

「強情なところもかわいいけどね、今日はもっと乱れたきみが見たい。ね、アンジェリカ、素直に聞かせてくれないか」

気付けば、いつの間にかボタンが外れていて、薄い寝間着に覆われていたはずの胸元が空気にさらされる。改めてそこへ吸い付かれると、思わず声が漏れてしまう。

「は、あっ……あ、エグバートさま……ぁ」

「ん、いい子……かわいいアンジェリカ、きみの声を聞くと、僕は本当に興奮する……っ」

ちろちろと舐められ、時折歯を立てられる。甘美な刺激に、アンジェリカは蕩けた視線を向けた。

ふふ、とエグバートが満足げに笑う、その吐息にさえ震えてしまう。

いつの間にか、ボタンを外し終えた器用な指が、アンジェリカの下着の中へ侵入を開始している。きっとそこは既に、とろとろに蕩けているはずだ。

恥ずかしさと、それを上回る快感への期待に、アンジェリカは知らず腰を揺らしてしまう。翠玉の瞳を細めて、エグバートはつぷりと指を差し入れた。

「アンジェリカ、ああ、かわいいアンジェリカ……こんなになっているよ、ほら、聞こえるだろう？」

くちゅ、と小さな水音がアンジェリカの鼓膜を揺らす。彼の指が、さらにその水音を大きくさせながら、アンジェリカの秘められた場所を暴いてゆく。既に滴るほど蜜が溢れていたそこは、容易くエグバートの指を迎え入れた。

あわいを擦り上げられて、アンジェリカの身体を快楽が支配する。既に、この身体のどこが弱いかなど、エグバートには知り尽くされているのだ。

「あっ、あっ、やだあ、だめ、も、イっちゃ、あっ、あっ――！」

「ん、いいよ、もっと、もっとね……」

もはや、声を堪えることなどできはしなかった。ぐちゅぐちゅと淫らな音が響き、アンジェリカを追い詰める。

そうして、アンジェリカが頂点を極めても、エグバートの指は休むことなく次なる快感を与えてくる。慎ましい粒を擦り上げ、蜜口をくすぐった指先が、さらに刺激を与えようと狭い道の奥へ潜り込んでゆく。

それを助けるかのように、アンジェリカの身体の奥からは新たな蜜がこぷこぷと溢れ、そのぬめりを纏った指が、的確にいいところを摘まみ、くにくにと刺激した。同時に、臍の周りをねろりと舐めまわされる。

「ひあっ、あっ、も、やあっ……！」

開きっぱなしの口からは、唾液が零れている。それを愛おしげに舐めとられ、アンジェリカは羞恥に震えた。すぎた快楽に、身体はひくひくと揺れている。目が潤み、身体全体がピンク色に染まったその姿に、エグバートは満足げに口角を上げた。

「うん……いいね、かわいいよ……」

「……っ、あ、ん」

うっとりとした顔をしたエグバートが、アンジェリカの頬を撫でながら呟く。途端に、きゅう、と身体の中がエグバートの指を締め上げたのが、アンジェリカにも感じ取れた。

「や、やだ、ちがっ……」

「どうして？　何も違わないでしょう」

微笑んだエグバートの指が、再び良いところを探り、とんとんとその場所を叩く。それだけで、一度法悦を極めた身体はひくんと震え、腰が勝手に浮いてしまう。ゆるゆると与えられていた快感がより強く感じられて、アンジェリカは喘いだ。

「ひゃ、あっ、も、だめ、だめなの、ねえ……っ」

涙を流して、アンジェリカは懇願した。これ以上されたら、おかしくなってしまう。

しかし、そんなアンジェリカの懇願に、エグバートは残酷なほど美しい笑みを浮かべると首を横に振った。

「だぁめ。今日はきみの乱れきった姿が見たいんだ……だって、しばらくは……」

途中で言葉を切ると、エグバートは無言で再び指を動かし始めた。じゅぶじゅぶと耳を塞ぎたくなるような音が、部屋の中に響いている。

「ほら、暴れちゃだめだよ。椅子から落ちるから……」

最後の力を振り絞り、身をよじろうとしていたアンジェリカの腰をやすやすと押さえつけ、エグバートは言い聞かせるように耳元で囁いた。あ、と一瞬力を抜いたアンジェリカの身体を、エグバートが抱え込む。そのまま抱き起こされて、今度はエグバートの膝の上に座らされた。

「ん、この方がやりやすいな」

「えっ……？」

アンジェリカの戸惑いをよそに、背後からアンジェリカを抱き込んだエグバートの指が胸の先端を嬲る。それと同時に、中に入っていた指はそのままに、親指が器用にも花芽をくりくりと刺激した。

「ああっ……は、あっ、あああ……ッ」

「どう、もっと気持ちいいでしょ……？」

「あ、イっちゃ、う、ああっ……！」

「いいよ、イって……、もっと、もっと……」

耳元に吹き込まれるエグバートの声に、アンジェリカはまたしてもきゅうっと指を締め付けた。膝を立て、足を開かされたはしたない姿だが、既にそれを動かす気力もない。今のアンジェリカにできるのは、なすがままにエグバートのすることを受け入れ、喘ぐことだけだ。

低い声が囁いたかと思うと、かり、と耳朶に歯を立てられる。これも、エグバートが丹念に育て上げたアンジェリカの弱いところだ。

「だ、め……っ、あ、ああっ、わたし、イって、ああっ――！」

ひときわ高い声をあげて、アンジェリカはまたしても達してしまう。

ふ、と息をついたエグバートが背後からアンジェリカのうなじに唇を寄せ、そこをちゅうと吸い上げた。

「きみの達するところ、何度見てもかわいい……ね、アンジェリカ、分かる？」

もぞ、とアンジェリカの下のエグバートが身体を擦り付けてくる。熱く、硬くなったものの存在に気が付いて、アンジェリカの奥がまた疼き、新たな蜜をこぷりと零した。

「きみの姿を見てたら、こんなになっちゃった……」

そう熱い吐息と共に呟きながら、エグバートの指は休むことなくアンジェリカを苛み続ける。そうして、何度も高みに押し上げられ、アンジェリカは真っ白な世界へと飛ばされた。

寝返りを打とうとして、いつも以上の身体の重さにアンジェリカはぼんやりと目を開いた。昨夜はしつこいエグバートに翻弄されて、意識を飛ばしてしまったところまでは何となく覚えている。

「珍しい……」

普段であれば、アンジェリカの目が覚めるよりも早く起きて寝台からいなくなっているエグバートが、今朝は彼女を抱き込むようにして眠っている。二、三度瞬きをして自分の置かれた状況を把握したアンジェリカは、そう小さな声で呟いた。

もぞ、と少しだけ身体を動かして、彼の顔を覗き込む。いつもは真意の読めない笑みばかり浮かべているエグバートでも、眠っている時ばかりは無防備だ。それが少しかわいらしく思えて、くすりと笑う。

じっと見つめていると、頭を動かした彼の前髪がぱらりと落ちて顔にかかる。それがくすぐったかったのか、エグバートは少しだけ眉を寄せると、ううん、と小さな声を立てた。

(もう少し寝かせてあげても、大丈夫よね？)

カーテンの隙間からは、既に朝の光が覗いているが、あたりはまだ静かだ。どうやら、自分はいつもより早く目を覚ましたらしい。

そうっと、起こさないように気を付けて手を引き抜くと、落ちた前髪を優しく払ってやる。ん、と満足げに息を吐いたエグバートが再び寝息を立てるのを、アンジェリカは幸福な気持ちで見守っていた——のだが。

「……ん？」

もぞもぞ、と背中に回されていた手が動き出す。最初は、寝ている間に手が動くこともあるだろう、とアンジェリカは少しだけ身をよじって、その不埒(ふらち)な手から身体を逃がした。

しかし、それでも手の動きは止まらない。そろりと身体の側面を撫でた手が、どんどん下りていって、寝間着の裾(すそ)をごそごそと探り始めたあたりで、アンジェリカはようやく気が付いた。

「……もう、いつから起きていたんですか？」

「んん、今起きたとこだよ……ね、アンジェリカ、おはようのキスして」

ねえ、と甘い声でねだられて、アンジェリカは仕方なく頬にキスを落とす。恥ずかしくて顔を上げられなくなったアンジェリカの耳に、不満そうなエグバートの声が届いた。

「子どもじゃないんだから……夫婦なんだから、こっち」

頭の後ろに片手を回して押さえ込まれ、正面から唇を重ねられる。ぬる、と舌先がわずかな唇の隙間から侵入してきて、口腔内を我が物顔に動き回り始めた。

「ん、んんんっ」

抗議しようとしても、口を塞がれているのでは声にならない。必死でエグバートの胸元を押し、身体を離そうと試みる。が、反対の手でがっちりと抱き込まれているこの体勢では無謀としか言いようがない。さすが、毎日鍛練している人間は違う。単純に力ではかなわない。

そうこうしているうちに、背中に回された手がさわさわと動き出す。解放された頭を逸らして、唇から逃れようとするが、身動きが取れない状態では無理だった。

「んんん――ッ！」

さすがに息が苦しくなって、どん、と彼の胸元を力いっぱい叩く。うっ、と呻き声をあげたエグバートは、それでようやくアンジェリカを解放した。真っ赤な顔で睨みつけるが、エグバートはどこ吹く風だ。

満面の笑みでもう一度、今度は触れるだけのキスをすると、アンジェリカの顔を覗き込んでくる。

「んー、離れがたいなあ……」

抱き締められたままましみじみと言われて、アンジェリカは怒っていたのも忘れて笑いだしてしまった。

こんな彼の姿を見るのは、結婚して一週間のあの時以来かもしれない。それこそ昼夜問わず共に過ごした時間を、既に懐かしいものと感じている自分に少し驚く。

（なかなか濃い生活を送っている気がするわ……）

エグバートと婚約する以前の自分には、とうてい考えつかないような波乱まみれの生活だ。

「またすぐにお会いできるじゃないですか」

「うーん、どうかなあ」

へにゃ、と眉を下げて、エグバートは呟いた。今日は珍しいことばかり起きる。まだ一日の始まりだというのに、アンジェリカはそんなことを思った。こんな彼の顔を見るのは、初めてではないだろうか。

「ん、まあ……とりあえず、朝食は一緒に摂ろうね。昼は……今日はちょっとまだ分からないな、時間前に知らせるようにはする」

「……どちらかへお出かけに？」

事前に聞かされていないのは珍しいな、と思いながらアンジェリカは問いかけた。通常、王太子の外出となれば、警備やら何やらの都合上、遅くとも一週間前には予定が組まれるはずだ。王太子妃として、夫のおおまかな予定は事前に知らされている。

首を傾げたアンジェリカに、エグバートは苦笑した。

「ううん、外に出る予定はないよ。今日の午前中は会議だし。……とりあえず、さすがにそろそろ起きないとね」

エグバートの言葉が終わらないうちに、寝室の扉をノックする音が響いた。部屋付き侍女が起床を促しに来たのだろう。

歯切れの悪いエグバートに妙な胸騒ぎを覚えながら、アンジェリカは退室していく彼の後ろ姿を見送った。

今日の昼食には戻れそうにない、というエグバートからの伝言を受けて、アンジェリカは一人寂しく昼食を摂った。その後、ブリジットに促され、ワゴンを押す彼女と共にエグバートの執務室へ向かう。

そこで目にしたのは、エグバートの机の上にうずたかく積まれた書類の山と、なぜだかバタバタ走り回る複数の文官の姿。過去にも何度か足を運んだ執務室であるが、ここまで忙しそうな雰囲気は初めてである。

――なるほど、こういうわけだったか。

初の外遊へ向けて国内での懸案事項などを一気に片付けようということなのだろう。それにしたって、まだ一か月以上も先の話だというのに、気の早いことだ。

「エグバートさま、昼食をお持ちしました」

「ん……ん？　あ、アンジェリカ⁉」

書類の山の向こうへ声をかけると、がたん、と慌てて立ち上がる音がした。ひょっこりと書類の上から顔を出したエグバートは目を丸くしている。珍しい表情を見られたと思い、アンジェリカは頬を緩ませた。

「わざわざ来てくれたのかい？　ああ、かわいいアンジェリカ、きみがこうして……」

「はいはい、それはいいですから」

感激した様子のエグバートの言葉を遮って、アンジェリカは苦笑する。エグバートにしてみればいつも通りなのだろうが、常よりも人の出入りの激しいここで「かわいいアンジェリカ」などと呼ばれる方の立場になっていただきたい。そもそも、嫁き遅れギリギリの年齢で結婚したアンジェリカである。いつまでも「かわいい」はちょっと……いっそエグバートのことも「かっこいいエグバートさま」と呼んでやろうか。

そこまで考えて、アンジェリカは慌てて首を振った。それではただのバカップルだ。何の報復にもなりはしないし、やはりそれで恥ずかしい気持ちになるのはアンジェリカだけに違いないのだから。

ぷるぷると首を振る自分を、呆れたように見ているブリジットの視線には幸いにも気付かず、アンジェリカは一旦落ち着こうと胸元に手を当てる。目を伏せ、息を整えていたアンジェリカは、エグバートの行動にも気が付かなかった。

「こっちは終わったから持っていって。それと……これを」

「かしこまりました」

てきぱきと指示を飛ばし、机の上の書類の山を三分の一ほど減らしたエグバートが、アンジェリカを手招きしている。おや、と振り返ると、応接用のソファーに書類を広げた側近二人以外はとうに姿を消していた。首を傾げつつも、呼ばれた通りに彼の傍へ近づく。机の前まで来て足を止めた彼女に、エグバートはにっこりと微笑んでさらに手招きをした。

「……？　参りましたが……」

「こっちこっち、そう、ここに座ってくれる？」

エグバートが指さすのは、彼の隣にちょこんと置かれた小さな椅子だ。先程までその上を占拠していたと思しき書類の山が、そのわきに積んである。さらに首を傾げながら、アンジェリカは乞われるがままにその小さな椅子にちょこんと腰かけた。

すると、心得顔のブリジットがその背後からワゴンを押してきて、器用にアンジェリカの隣へセットする。

「ん」

書類を片手に持ったままのエグバートが、アンジェリカに向かって口を開いた。はたから見れば間抜けに見えそうな光景だが、さすが美形だ。全く間抜け感がない。それどころか、かわいらしくさえ見えてしまう。

しかし、何をしてほしいというのか。一瞬考え込んだアンジェリカの耳に、ブリジットはそっと囁いた。

「妃殿下、こちらを……」

目の前に差し出されたのは、忙しくても簡単に摘まめるようにと用意された軽食の皿だ。パンに具材を挟んだものが、一口か二口もあれば食べられそうな大きさにカットされている。まさか、とブリジットを見ると、彼女は至極残念なことに大変真剣な顔で頷いた。

そのまま、皿を持たされて、アンジェリカはブリジットとエグバートの顔を交互に見る。

「なっ……えっ⁉」

「アンジェリカ、頼むよ。ほら、僕は今手が離せないから……」

エグバートが、わざとらしく手に持った書類をひらひらと振ってみせた。そのくせ、顔はこちらを向いて口を開けたままだ。その余裕があれば、軽食を摘まむくらい簡単だろうに。ちら、とソファーの二人に目をやると、ブリジットが近づいていって他の皿を給仕しているのが見えた。こちらを見ている様子はない。

仕方がない、突然忙しくなったエグバートにアンジェリカがしてあげられることなどほとんどないのだから——そう、これは「仕事の手伝い」だ。

そう言い聞かせながら、アンジェリカはそっとパンを手に取る。

「は、はい……どうぞ」

「いや、違うでしょう」

口元に近づけると、途端にエグバートは少しむくれたような声をあげた。翠玉（すいぎょく）の瞳がまっすぐにアンジェリカを見つめる。戸惑うアンジェリカに、エグバートは悪戯（いたずら）小僧そのものの笑みを浮かべた。

「こういう時は『はい、あーん』って言うもんでしょ」

「は……!?」

「ほら、アンジェリカ……」

「ちょっと、エグバートさま……!?」

真っ赤になったアンジェリカの前で、エグバートが再び待ちの姿勢に入る。書類は既に机の上に置かれていて、両手は空いているのだけれど――アンジェリカはごくりと唾を呑み込むと、震える手でパンを摘まみなおした。

「は、はい、あーん」

「んっ」

アンジェリカの声に、今度は素直にエグバートが口の中へパンを受け入れた。一瞬「んっ」と詰まったものの、それでも幸せそうにもぐもぐと口を動かしている。

（……こ、これは、お手伝いなんですから）

先程からソファーの三人が肩を震わせているのを横目で睨んで、アンジェリカは真っ赤な顔でそっとため息をついた。

◇

今にして思えば、恥ずかしがらずにもっと積極的にやってあげればよかった。窓の外の曇り空を見上げて、アンジェリカはひとつため息をついた。

窓の外、内庭の木々は、すっかり色を変え、はらはらと葉が舞い落ちている。そのうち、雨が降るのだろう。少しだけ湿った空気が頬を撫で、冷たい風に身震いする。

窓を閉めたアンジェリカは、窓際に寄せた椅子に腰を下ろすと、サイドテーブルに積んだ本をぱらりとめくった。

——だが、内容など全く頭に入ってこない。

あれから二週間ちょっと。エグバートの戻る時間は、ますます遅くなっている。昼食どころか晩餐(ばんさん)にも間に合わず、アンジェリカが眠りにつくまで寝室に姿を見せない日もあるほどだ。

戻ったとしても、よほど疲れているのだろう。会話らしい会話もなく、寝台に倒れ込むようにして寝てしまうことも増えている。

（忙しすぎではないの……？）

昨日の夜は、とうとう寝室に戻ることさえなかったようだ。寝台には、自分以外が休んだ形跡がなく、アンジェリカは冷たいシーツを撫でてため息をついたものだった。

あまりの激務ぶりに、エグバートの体調が心配なのはもちろんだ。できるだけ執務室への差し入れには同行しているが、アンジェリカはアンジェリカですべき仕事がある。そうそう毎日顔を出してもいられない。

「……別に、寂しくなんて」

片腕で、自分の身体を抱き締めるようにしながら、もう一方の腕をぎゅっと掴む。いつの間にか、読んでいたはずの本は床に落ちていた。

「ちょうどよかったじゃないの……」

こんな状況であるから、夜の営みなどあるはずもない。毎夜のごとく求められていたことなど、遠い過去の出来事のようだ。

最近すっかり身体のだるさもなくなり、毎日すっきりとしている。

自分の希望通りになったはずなのに、アンジェリカはもやもやした気持ちを抱えていた。

第二話　いざシルト帝国へ

「まあ……」

整然とした街並みは活気に満ち、大勢の人々が行きかっている。新年を迎え、新皇帝の戴冠式（たいかんしき）を目前にした城下町は、どこかふわふわと落ち着かない雰囲気だ。

馬車の窓越しにその光景を眺めて、アンジェリカは素直に感嘆の吐息を漏らした。

さすが、大国シルト帝国の首都だけのことはある。美しい街並みに、巨大な建造物。滑らかな石畳は、馬車の揺れをほとんど感じさせない。こうして見える範囲だけでも、自国とは全く違う。

生まれて初めて国外に出たアンジェリカにとって、見るもの全てが珍しく、新鮮に映った。

なかでもひときわ目立つのは、もちろん馬車の向かう先にある皇帝の居城、エーデルシュタイン城であるが、他にも尖塔（せんとう）を備えた大きな建物が見える。

あれは何なのだろうか。シルト帝国に滞在したことのあるエグバートなら知っているかもしれない。

「ねえ、エグバートさ……」

先程から黙りこくったままの夫を振り返って、アンジェリカは目を瞬かせた。ここまで五日ほどの旅程をこなしてきたエグバートは、疲れたのかうとうとと舟をこいでいる。この旅の間、何度も目にした光景だ。

旅疲れもあって夜しっかりと眠れたアンジェリカとは違い、エグバートはよく眠れないようだった。枕が変わると眠れない性質なのだろうか、宿でもエグバートはぼんやりとしていて、ぐっすりと安眠したアンジェリカを恨めしげに見ていた。

(――それでなくても、結局出立前日まで根を詰めてお仕事をなさっていたのだものね)

しかし、それについて同情の余地があるかどうかは疑問である。エグバートの側近であり、今回シルト帝国への随行員でもあるレスター・グレンによれば、何と普段から早く帰るために後回しにできるものはぎりぎりまで後回しにしていたのだという。そのツケを支払わされているのですよ、とため息交じりに教えられて、アンジェリカも思わず苦笑したものだ。

完璧な王太子、と言われていたエグバートでもそんなことをするのか、と。

まあ、それでもしっかり仕事をしてきたことには違いない。少しだけでも休ませてあげたい――アンジェリカはそっとエグバートに自分のストールをかけると、また馬車の窓から外の風景を眺めた。

「ん、もう着いたか……」

巨大な城の車寄せに馬車が止まると、それを感じ取ったのだろう。エグバートがゆっくりと目を開けた。んん、と伸びをした拍子に、アンジェリカのかけたストールが滑り落ちる。

それを拾い上げてまじまじと眺めたエグバートは、蕩けるような笑みを浮かべた。

「ありがとう、アンジェリカ」

久しぶりに見るエグバートの微笑みに、アンジェリカの胸がどきりと音を立てる。ここ一か月半ほど、ゆっくり話をすることさえ叶わなかったが、これから少しはのんびりできるだろう。

何せ、戴冠式に伴う祝賀行事も含め、一か月ほど滞在を予定しているのだ。

「少しはお休みになれましたか」

「ああ……うん、さすがにちょっと身体が痛いけど」

肩を回しながら、こきこきと首を鳴らすと同時に、外から馬車の扉を叩く音がする。

「王太子殿下、妃殿下、到着いたしました」

近衛隊長として随行したデイヴィットの声がその音に続く。こうして改まった場で兄に「妃殿下」と呼ばれることに未だに慣れないアンジェリカは微妙な顔つきになったが、さすがに公式の場でそんな顔を晒すわけにはいかない。何とかとりすました表情を浮かべると、了解の合図を返す。すると、かちゃんと音を立てて扉が開いた。

差し出された手を取って、アンジェリカがまず馬車から降りる。一瞬にやりと笑った兄の顔を軽く睨んでやると、デイヴィットは傍目には分からない程度に肩をすくめてみせた。

きっと、アンジェリカの緊張をほぐそうとしてくれたのだろう。そう好意的に解釈することにして、アンジェリカは改めてエーデルシュタイン城を見上げた。

新年を迎えたばかりのシルト帝国は、かなり寒い。ふるりと肩を震わせたアンジェリカに、そっと上着を着せかける手があった。

「綺麗な城でしょう。でも、中はもっとすごいよ」

「そうなんですか?」

馬車を降りたエグバートが隣に立って同じように城を見上げている。その表情には、どこか懐かしむような色が浮かんでいた。

「あの頃とちっとも変わっていないなあ……」

小さく呟く声に滲むのはどんな感情なのだろう。何となく返事をするのが憚られて、アンジェリカは黙って上着をかき合わせ、その横顔を見つめていた。

「エグバート！」

「……テオバルトか！　いや、おまえ……随分大きくなったな」

車寄せから城を見上げていた二人の背後から、大きな声が名を呼んだ。振り返ったエグバートが、一瞬目を見開く。アンジェリカも一拍遅れて振り向くと、大柄な青年が大股で近寄ってくるのが見えた。

アンジェリカよりも頭ひとつ大きいエグバートよりも、さらに高いところに頭があるのではないだろうか。とにかく大きい。それに、服の上からでも筋肉質なのが分かる。短く整えられた黒髪に、青緑色の瞳。秀麗な顔に精悍な笑みを浮かべ、彼はエグバートの手を握り締めた。

「久しぶりだな……」

「あ、ああ……」

どこか戸惑ったような声で、エグバートは青年の言葉に答えている。

テオバルト、とエグバートは彼の名を呼んだ。ということは、この気さくそうな青年がシルト帝国の皇太子殿下、ということになる。いや、この戴冠式が済めば皇帝陛下だ。

何となくイメージしていた人物と随分違う。面食らったアンジェリカは、エグバートに名を呼ばれてはっと我に返った。

「テオバルト、紹介するよ」

「ああ、いや……それはまた、後で。疲れただろう、まずは部屋へ案内させよう」

こちらをちらりと見ることさえせず、テオバルトはエグバートの言葉を遮ると、彼に微笑みかけ、背後に付き従っていた侍従に声をかけた。

一瞬「ん?」と思いはしたものの、確かに疲れていることは間違いない。特にエグバートは仕事の疲れも癒えぬままに五日の旅程をこなしてきたのだ。早く休めるというのなら、それに越したことはないだろう。

かすかな違和感を押し込めて、アンジェリカはエグバートに向かって頷くと、侍従の案内で割り当てられた客室へ向かった。

「まあ、素晴らしいお部屋ね」

「……そうだね」

客間とは思えぬ、広い部屋である。入ったところは、居間と呼ぶのがふさわしいだろう。

大きくとられた窓からさんさんと陽光が降り注ぎ、飴色の家具が鈍い光を放っている。

手前の扉はおそらくは水回りだ。すると、奥の二つの扉はなんだろう、片方は寝室だと思うが――。それにしても、立派な部屋である。

感嘆の声をあげるアンジェリカとは対照的に、エグバートの声は少しばかり沈んで聞こえた。やはり疲れているのか、と振り返ろうとしたところで、背後からふんわりと抱き締められる。そのまま首筋に顔を寄せたかと思うと、すんすんと匂いを嗅がれ、アンジェリカは思わず大声をあげた。

「はあ……やっと触れられる」

「なっ……、ちょっと、エグバートさま……っ」

「んん、かわいいアンジェリカ……少しだけ、このまま……」

もぞもぞと動く手をぺしんと叩いて、アンジェリカは背後のエグバートにきつい視線を送った。

やっと、という言葉通り、エグバートとこうして親密な距離に寄るのは久しぶりだ。馬車の中でも、何となく視線を感じることはあったが、結局眠気に抗えず寝ていたのはエグバートである。

「もう、しばらくしたら、晩餐会ではありませんか」

「うん、だから少しだけって……ああ、もう、そんなかわいい顔で見ないで。ちょっとじゃ済まなく……」

「だから、エグバートさま、あ、だめ……」

首筋に唇が這う感触に、アンジェリカの腰にぞくりと震えが走る。久しぶりのエグバートの体温は、いつもよりも熱く、確かな感触を持っていて、抵抗ができない。まるで、炎に炙られるかのようにじわじわとした快感が、アンジェリカを捉えていた。

このまま、流されてしまいそう——そう思った時、扉をノックする音が響く。ぎくん、と身体をこわばらせたのはアンジェリカだけだった。エグバートは小さくため息をついただけで、彼女の首筋から唇を離すことはしない。

吐息を受けて、アンジェリカの身体はぴくりと跳ねた。あ、と口から零れそうになる声を、慌てて呑み込む。羽織っていた上着が肩から落とされて、ぱさりと小さな音を立てた。

その小さな音でさえ、外に聞こえてしまうのではないか、とアンジェリカは一瞬ありえないことを考える。

どきどきと、心臓が早鐘を打ち始めた。

「エグバート、さま」

正直なところ、アンジェリカとて久しぶりにエグバートの与えてくれる快感に酔い始めていたところだ。ここで中断されるのは辛かった。

しかしこのままでは、扉の外に声が聞こえてしまうかもしれない。もしかしたら、応えがないことを訝しんだ扉の向こうの誰かが、入ってくるかもしれないのだ。

そう思うと、気が気ではない。そんなアンジェリカの態度が気に入らなかったのか、エグバートが軽く肩口に歯を立てた。

「あ、やだ、痕がついてしまう……」

「つけてるんだよ」

それは困る。主に今後の行事で着用するべく用意してきたドレスが無駄になってしまう、という点で。慌てたアンジェリカが何とかエグバートを引きはがそうと身をよじった時、再び扉をノックする音がした。

「しつこいな」

「もう、エグバートさま！」

アンジェリカの抵抗をものともせず、エグバートが不埒な手をするりと腰に滑らせた時、どんどん、と今度はいささか乱暴な音がし始めた。

「ちょっと、エグバート！　聞こえてるんでしょう！」

扉の外から聞こえたのは、国賓たるエグバートを呼び捨てにする不躾な呼びかけだ。しかも、少しハスキーではあるが、おそらく女性の声である。

ち、とエグバートが舌打ちをした。

じとん、と思わず夫を横目に見て、アンジェリカはやんわりと彼の身体を押しのけると、着衣の乱れを直す。そのまま無言で扉へ向かうと、黙ってその扉を開けた。

目の前に立っていたのは、アンジェリカよりもかなり長身の女性である。おそらく、エグバートと同じくらいはあるだろう。黒髪に、青緑の瞳をしていて、その瞳と同じ色のドレスを纏っている。その顔を見上げた時、アンジェリカはどこかで会ったことがあるような、そんな気がした。

その女性は、扉を開けたアンジェリカを一目見ると目を輝かせる。まあ、と叫ぶと、手を握らんばかりの勢いでアンジェリカににじり寄ってきた。これは予想外である。

「あなたがアンジェリカ――王太子妃殿下ね。お噂はかねがね……わたくしは」

「アレックス、おまえまたそんな……」

呆れたような声を出したエグバートが、彼女とアンジェリカの間に割って入った。急に肩を抱き寄せられ、アンジェリカはバランスを崩して彼の胸元に寄り掛かる形になってしまう。

「え、ええと……」

「うふふ……仲が良ろしいこと。突然押し掛けまして、申し訳ございません。わたくし、アレクサンドラ、と申します。先程は、兄のテオバルトが失礼をいたしました」

スカートを摘まみ、お茶日に一礼した女性――アレクサンドラの言葉に、アンジェリカは目を丸くした。テオバルトを兄、と呼ぶということは、彼女は皇太子の妹、つまりはシルト帝国の姫、ということだ。

「こ、これは失礼いたしました。わたくし――」

「ああ、堅苦しい挨拶は抜きにいたしましょう。エグバートがとうとうお嫁さんを連れてきた、というから、わたくしどうしてもお会いしたくなってしまって……。不躾なのは重々承知しておりましたけど」

そこまで言うと、アレクリンドラは背後に控えていた侍女に目配せを送る。心得た侍女が、ワゴンを押し「失礼いたします」と部屋へ入ってきた。

「この後、晩餐会がありますけど、その前に少しお茶でも。わたくし、とても楽しみにしておりましたのよ……あのエグバートが、どんな方を妻になさったのか」

にっこりと美しく微笑んだアレクサンドラに気圧されて、アンジェリカはこくりと頷いた。

どうしてこうなったのだろう。アンジェリカは、目の前の光景にため息をつきそうになって慌てて呑み込んだ。

長椅子に優雅に腰かけたアレクサンドラは、婉然たる仕草でお茶菓子を口に運んでいる。シルト帝国の名物だという焼き菓子は、気が付けばアンジェリカが手をつける前に半分ほどその量を減らしていた。まあ、よく食べる女性である。

改めて見てみると、アレクサンドラは迫力のある美女だ。ヒールを履いているであろうことを考慮しても、エグバートと遜色ない長身で、身体つきもしっかりしている。おそらくは、この国の女性は皆そうなのだろう。先程お茶の用意をしてくれた侍女も、アンジェリカよりも頭半分ほど背が高かった。

喉元まで覆ったドレスは、品があってよく似合っている。ごてごてした装飾はなく、すっきりとしたデザインなのも彼女の美貌を引き立てていた。

兄妹だけあって、アレクサンドラの顔はテオバルトに似ていると思う。先程ちらりと見ただけのアンジェリカがそう思うのだから、二人が並んでいるところをじっくりと見たらさぞかしよく似ているに違いない。先程覚えた既視感はこれか、と密かに納得したものだ。

精悍で凛々しい顔つきのテオバルトを、ちょっと細くして女性らしい顔立ちにしたらこうなるのかな、と心の中で思い浮かべてみる。

「アレックス、おまえひとりで全部食べるつもりか」

「やあね、そんなことしないわよ」

さ、どうぞ、とアレクサンドラがエグバートの口元に焼き菓子を運ぶ。突き付けられたそれを、エグバートがもごもごとくわえるのを、アンジェリカはじっとりと見つめていた。

先程からこの二人、妙に仲が良い。気安い言葉遣いといい、無遠慮な行動といい、とてもじゃないが他国の王子と姫とは思えない気安さだ。

テオバルトとアレクサンドラは、それほど年の離れた兄妹ではないようだから、おそらく留学中に面識があるのだろう。しかし、それでも当時のエグバートは十五を過ぎている。他国の姫と、これほど親しくなる機会などあるものだろうか。

お腹のあたりにもやもやとした気持ちを抱え、アンジェリカは心の中でため息をついた。

そんなアンジェリカの視線に気付いているのかいないのか、アレクサンドラはにこにこと微笑みながら、エグバートにアンジェリカとの馴れ初めなどを聞き出し始める。

「へえ、例の仮面舞踏会で？」

「……ああ、まあな。それでまあ――」

「やだ、随分情熱的ね……そういうところ、変わってないわ」

「そういう言い方をするのはよせよ」

エグバートが眉をひそめると、アレクサンドラは朗らかな笑い声をあげた。

――盛り上がっている。

アンジェリカは、皿の上の焼き菓子を手に取ると、口に運んだ。さっくりとした生地に、たっぷりとナッツが練り込まれたそれは、素朴な味わいながらもどこか上品だった。

さく、さく、と少しずつそれを味わう。美味しい。

先程から、ちらちらと視線を感じる。じわじわと、まるで値踏みされているような――そんな視線だ。

さく、と最後の一口を呑み込んで、カップに手を伸ばす。

――なるほど、そうきましたか。

アンジェリカは、なるべく優雅に見えるように気を付けながら、カップを口元へ運ぶ。ゆっくりとそれを傾け、ちらりと二人の方へ視線を走らせた。

忘れていたが、エグバートはこれでもモテるのだ。国元では「氷の王子」などと言われていたが、どうやらこちらでは違ったらしい。

　アレクサンドラと視線が合って、アンジェリカはにっこりと微笑んだ。アレクサンドラも微笑み返す。傍目には、実に友好的な笑顔である。

　にこやかに話しかけてくる彼女の話に相槌を打ちながら、アンジェリカはそっとカップをソーサーへ戻した。


　晩餐会の出席者は、意外なことにとても少なかった。

　エグバートとアンジェリカの他には、降嫁したというテオバルトの姉君とその夫である公爵閣下。それに、使者として顔を合わせたことのあるエトムントと、その婚約者だという令嬢。それだけなのである。

　何といっても大国シルト帝国だ。その皇帝の即位式ともなれば、もっと大人数が招待されているものとばかり思っていたアンジェリカは、ぱちぱちと目を瞬かせた。

　会場は、さほど広くない——言ってしまえば、十人分ほどしか席のない晩餐室。重厚さはあるが、華美な装飾などは一切ないそこは、もしかしたら普段から使用されている場所なのかもしれない。

　綺麗に掃除されてはいるものの使い込まれた感のある暖炉、そこで燃える赤々とした火を眺めて、アンジェリカは急に落ち着かない気分になった。

「ね、ねえエグバートさま、ここって……」

行儀が悪い、と分かってはいたが、アンジェリカは隣に立つ夫の袖を引いた。扇子の陰に隠れるようにして、小さな声で疑問をぶつける。

するとエグバートは頷いて彼女の疑問を肯定した。

「うん、懐かしいなあ……こちらに来ていた頃は、よくここで前皇帝陛下ご夫妻と、あとテオとアレックス、もちろん姉君も、揃って夕食をいただいていたよ」

聞いただけでくらくらする話である。つまりここは、皇帝一家の私的な空間だということだ。やすやすと他国の人間を招き入れる場所ではないことは、アンジェリカにも分かる。

震える声で、アンジェリカはもうひとつの疑問を口にした。

「あの、出席者はこれだけですか？」

「ああ、言っていなかったっけ？　招待客が揃うのは、そうだな……五日後くらいかな。僕たちは、少し早めにご招待いただいたんだ」

エグバートがにっこりと微笑む。その蕩けそうなほど甘い笑顔を横目で睨んで、アンジェリカはため息をついた。

テオバルトがアレクサンドラをエスコートして現れると、晩餐会はつつがなく始まった。

降嫁したという姉、ローザリンデとその夫でアンハイサー公爵シュテファン、エトムントとその婚約者だというメアリー・エインズワースを紹介され、エグバートとアンジェリカもそれぞれ紹介される。

やはり、シルト帝国には大柄な女性が多いようだ。ローザリンデはアレクサンドラほどではないものの、やはりアンジェリカよりも長身である。弟妹と同じ黒髪と、青緑の瞳を持つ美女で、すっきりとした腰回りに豊満な胸元が眩しい。少しばかり羨ましい、と思ってしまったことは秘密である。

ローザリンデは、その外見通り闊達な性格だった。ワインを水のように飲み、少々お喋りすぎるところはある。アンジェリカから見れば清々しいが、夫であるシュテファンは苦笑を浮かべていた。それでも、その瞳に宿る優しげな光からは、公爵夫妻の仲睦まじさが伝わってくる。

エトムントの婚約者だと紹介されたのは、まだ十六歳の少女であった。なんでも、隣国の貴族の娘であるとかで、こちらはクリーム色の髪をして、鳶色の瞳を持つ内気そうで小柄な娘である。聞き上手な性質なのだろうか、あまり発言はしないものの、場の空戴冠式が無事に終わったら、エトムントは正式に侯爵位を継ぎ、彼女と結婚する予定だという。

「まあ、それはおめでとうございます」

「ありがとうございます」

アンジェリカの言葉にはにかむメアリーと、なぜか意味ありげな視線をテオバルトに向けるエトムント。それを綺麗に無視して、テオバルトは淡々と料理を口に運んでいた。

一見、和やかなムードで晩餐会は進んでいる。しかし、アンジェリカは何となく憂鬱な気分だった。

その原因は、ホスト席に座った人物——次期皇帝、テオバルトの視線にある。

別に、不躾であるとか、好色な視線を向けられているとか、そういうことではない。ただ、時折向けられる彼の視線からは、冷ややかな感情が覗いている。そんな気がするのだ。

そもそも、エグバートがアンジェリカを紹介した時でさえ「そうか」と一言発しただけなのである。友好的とは言い難いどころか——

(どう考えても、これはアレよね……)

最低限の受け答えはするものの、時折冷たい視線を向ける皇太子。

エトムントの言葉と違い、どうやらアンジェリカはあまり歓迎されていないらしい。その原因は、おそらくエグバートとアレクサンドラの関係にあるのだろう。

これは推測――というより、もはや邪推の域なのだが、テオバルトは妹の嫁入り先としてエグバートを考えていたのではないだろうか。

この場に姉夫婦、そして腹心の部下であるエトムントとその婚約者を招待しておいて、テオバルト自身は妹をエスコートしてきた――ということはテオバルトにもアレクサンドラにも婚約者はいないものと思われる。年齢を考えると、異例のことであろう。少なくとも、妹姫については。

次期皇帝の親友エグバートと、妹アレクサンドラ。二人の仲が良いことは、アンジェリカも嫌というほど見せつけられている。これが、留学していた頃からのものだとすれば、テオバルトの目算も分からないではない。

何せ、相手は友好国の王太子だ。気心知れた相手で、身分も申し分ない。かわいい身内を嫁がせたい、と思うのは兄として当然だろう。もしかしたら、亡くなった前皇帝も同様に考えていたのかもしれない。

正式な打診をする前にエグバートとアンジェリカが結婚を決めてしまったとしたら――そりゃまあテオバルトにしてみれば、裏切られたような気分だろう。もしかすると、二人の間では冗談交じりにそんな話が出ていた可能性だってある。

ため息をつきたい気分で、アンジェリカは出てきたデザートにスプーンを入れた。心の中でテオバルトにべえっと舌を出しながら、ゆっくりとそれを口へ運ぶ。

「――どうだったかな、お口には合いましたか」

そんな調子だったから、アンジェリカはその声が自分に向けられたものだ、と気付くのに少しばかり時間がかかった。ゆったりとした低音の――その美声は、先程まで冷たい視線をアンジェリカに送っていたテオバルトのものである。

「あ、え、ええ……どれも美味しくいただきました」

「妃殿下は――」

「ああ、どうぞアンジェリカと。皇太子殿下はエグバートさまの親友と伺っております。ぜひ、親しく呼んでいただければと思います」

晩餐会も終盤になって、いまさら感のあるやりとりである。にっこりと微笑んでみせると、テオバルトはいささか虚を衝かれたように一瞬黙り込んだ。が、すぐににやりとした笑みを浮かべる。

「いいのか、エグバート」

「かわいいアンジェリカがそう言うのなら、僕は構わないよ」

肩をすくめたエグバートの了承を得て、テオバルトはますますその笑みを深くした。

「では、アンジェリカ、と。そうだな、我が親友エグバートの妻となれば、それはあなたも我が親友同然。ぜひ、末永い友誼を賜りたいものだ」

「まあ、恐れ多いことですわ」

うふふ、と微笑むと、あちらも笑顔を返してくる。しかし、双方ともその目の奥は笑っていない。

それに気付いているのかいないのか、エグバートはもう一度肩をすくめて、食後のコーヒーに手を伸ばした。

晩餐会を終え、部屋に戻ったエグバートは、若干不満顔である。その原因が分からないアンジェリカは首を傾げる。

「随分テオに気に入られたみたいだね」

「……そうでしょうか」

アンジェリカは二、三度瞬きをしてからそう答えた。テオバルトとアンジェリカのやりとりは、婉曲な嫌味の応酬だった。あれをどう解釈したらそう思うのか、全く理解に苦しむ。

しかし、エグバートは本気でそう思っているらしい。唇を尖らせて拗ねた顔をしていて、アンジェリカは思わず噴き出してしまった。

アンジェリカの印象としては、テオバルトはいけ好かない男であったし、向こうからしてみてもそうだったことは想像に難くない。

とはいえ、彼はエグバートの親友だという。であれば、アンジェリカとしては友好的に過ごしたいが、どうやらそれは難しい。

一方的に敵愾心を向けられているのはアンジェリカの方なのである。あちらがもっと友好的に接してくれれば、アンジェリカとて仲良くするのにやぶさかではない。

「あのテオが、あれだけ楽しそうに話していたからね。珍しいよ」

「楽しそう、ですか？」

あの嫌味の応酬を見て、楽しそうとは。もしかしたら疲れでおかしくなっているのではないだろうか。心配そうに見上げたアンジェリカの頬を、エグバートの指がそっと撫でた。

気付けば、間近に彼の顔が迫っている。視線の熱さに気圧されるように一歩下がろうとするが、それは背中に回った手に阻まれた。

「エグバートさま……」

そっと目を閉じて、触れるだけの口づけを受け入れる。もっと、と身体の奥から声がして、アンジェリカの白い指がエグバートの濃紺の正装をぎゅっと掴んだ。

はしたないとは思いつつも、アレクサンドラの乱入で中途半端になっていた欲求が首をもたげる。唇を薄く開いて、エグバートを迎え入れようとした時——またしても、ノックの音が二人の邪魔をした。

「テオが？　……ん、分かった」

ノックの主は、城に到着した時にテオバルトの後ろにいた侍従の青年であった。彼が持ってきたテオバルトの書付けを一瞥し、エグバートは一瞬視線を鋭くする。

しかし、心配そうな青年に頷くと、エグバートはアンジェリカを振り返った。

「ごめんね、テオがどうしても、と言ってるそうだから……」

「……そ、そうですか」

久しぶりに会った親友と、一杯飲みたい——そう言われては、エグバートも無下にはできないという。正直なところ、到着したばかりの国賓を私的に呼び出すなんて、と思わないでもないが、そこはそれ。明日は予定が入っているわけではない。再会を喜びたい気持ちに水を差すのも憚られる。

それでも、あまり飲みすぎないように、と言ってしまったのは、彼が出立間際まで忙しくしていたこと、旅の間あまり眠れていなかったことを思ってのことだった。

「ああ、かわいいアンジェリカ……心配してくれているの？　うん、気を付けるからね。きみはゆっくりしていて」

「――ありがとうございます」

エグバートは抱きつかんばかりだったが、手紙を預かってきた侍従の前ということもあり、やんわりと押し戻す。不服そうな顔をしながら、エグバートは名残惜しげに部屋を出ていった。

「はあ……」

「お疲れのようですね、妃殿下。お湯の支度ができましたので、どうぞ」

「うん、ありがとうブリジット。そうするわ」

随行してくれた侍女のブリジットに声をかけられて、アンジェリカはのろのろと立ち上がった。確かに、だいぶ疲れている。旅行疲れというよりは、どちらかといえば晩餐会での気疲れだ。

もうこのまま寝てしまいたい、と思うが、せっかく用意してくれたことだし、旅の汚れも落としたい。こっそり覗いた浴室は広々とした作りだったので、きっとゆっくりできるだろう。ついでにこのイライラした気分も、もやもやとした気持ちも洗い流したいにした。

ところだ。アンジェリカはあくびを噛み殺すと、ブリジットの手を借りて入浴することにした。

「んん……」

広々とした浴槽で足を伸ばし、湯に浸かると身体のこわばりがほぐれてゆくようだ。

自国では、これほどゆったりと湯に浸かる習慣はないが、シルト帝国は寒い地方なので、こうしてゆっくりと温まるのが一般的らしい。それに、身体の大きな人が多いからか、浴槽はアンジェリカなら二人は余裕で入れそうな大きさだ。

帰ったら、こういうのを作ってもらうのもいいな、とほわほわとした気分で考えながら、アンジェリカはしっかりとシルト帝国の風呂を満喫した。

湯上りほかほかのアンジェリカは、くつろいだことで疲れが一気に出てしまったようだ。くったりとしているところへ、苦笑したブリジットに水分を勧められ――そうすると良いと、城の侍女が教えてくれたらしい――そうして、二つある扉のひとつへと案内される。

「妃殿下はこちらをお使いください」

「ん、ありがと……ブリジットも、早く休んでね……」

「ありがとうございます。今日はこれで下がらせていただきますので」

もう何も考えたくない。目の前の寝台にぽふりと倒れ込んで、アンジェリカは夢の国へ旅立ち――こうして、シルト帝国での一日目は幕を閉じたのだった。

「――で、朝まで？」

「ん、んん……」

翌朝、というか既に昼に近い時間である。アンジェリカは、半分呆れたような顔でぐったりと長椅子に身を預けたエグバートを眺めていた。

呻くエグバートに水を飲ませてやると、彼はへなっとした笑みを浮かべる。明らかに飲みすぎだ。あれほど気を付けるように言ったのに、とは思うものの、旧友と話が弾んだ結果ならば仕方がない。

そのエグバートが、ちょいちょいと手招きするので近寄ると、長椅子に腰かけるように手で示された。

「お邪魔でしょう？」

「ううん、こうして――ね」

彼女の膝の上に、エグバートがぽすりと頭を乗せる。そのまま太ももにすりすりと顔を擦り付けられ、アンジェリカは赤くなった。

どうも、昨日から隙あらばくっつこうとする。それ自体は、嫌ではない——一か月以上こうした些細な触れ合いすらなかったことを思うと、むしろついつい甘やかしたくなる。

さらりとした彼の淡い金髪に手を通しながら、アンジェリカはしたいようにさせてやろう、と微笑んだ。

「シルトの酒は強いのを失念していたよ……あ、いや……こっちに来ていた頃はほら、まだ未成年だったたし、そんな強い酒は飲んだことがなかった、から……」

「……十六を過ぎれば飲酒は違法ではないですから」

「ワインくらいならともかく、こっちでは十八までは飲酒は禁止だからね」

ははは、と笑うエグバートに、これは間違いなく隠れて飲んでいたな、とアンジェリカは思った。どうせ、あのエトムントあたりと面白がって試してみたに違いない。まあ、そんなことを責める気は毛頭ない。過去のことだ。そう、過去のこと——

それよりも、到着したばかりの彼を朝まで付き合わせたあの陰険皇太子には一言言ってやらねばなるまい。一か月も滞在期間はあるのだ。別に昨日でなくてもよかっただろう、と。

「テオバルトとアレックスはさすがだね——全然酔った風じゃなかったし」

「……アレックス？　アレクサンドラさまもいらしたのですか？」

「あー……う、うん、でも――」

甘い空気が一転、冷ややかなものに変わった。エグバートが何か言いかけたが、既にアンジェリカの耳には届いていない。

「へえ……アレクサンドラさまも……朝まで……？」

「え、ああ、そうだけど、アンジェリカ？」

そりゃあまあ、アレクサンドラとて旧交を温めたいのは当然だろう。しかし、朝まで続くような酒席に、兄と一緒とはいえ女性がいる、というのは問題があるのではなかろうか。しかも、エグバートは既に妻帯者である。

どうせあのいけ好かない皇太子が計画したのだろう。そっちがその気なら、こっちもやってやろうじゃないの。

冷たい青緑の双眸を思い浮かべ、アンジェリカはひっそりと心の中で宣戦布告した。

その場面に出くわしたのは、アンジェリカが望んだことではない。ただの偶然であったし、どちらかといえば見たくなかった。

エトムントの婚約者、メアリーに誘われて、アンジェリカはエーデルシュタイン城の中庭にいた。せっかく同じ城内にいるのだし、いい機会だからお国の話を聞かせてほしい――と控えめな笑顔で乞われては、アンジェリカとて無下にはできない。

二日酔いからようやく復活したエグバートが、またしてもテオバルトに呼び出されて不在であり、時間を持て余していたこともアンジェリカが誘いを受けた理由だった。

「今年はまだ雪が降っていなくて、ちょっと残念なんですけれど」

「こちらでは、雪は多いのですか？」

威容にふさわしく、広大な敷地面積を誇る庭をそぞろ歩く。場の空気を読むのに長けたメアリーと交わす会話は、ほぼ初対面同士とは思えない気楽さがあった。乞われるまま話をすると、鳶色の瞳をキラキラさせて楽しそうに相槌を打つ。そういうところは、あのエトムントと少し似ているかもしれない。似た者同士の二人なのだな――そんなアンジェリカの内心をよそに、背の低い常緑樹の葉に触れたメアリーはにっこりと微笑んだ。

「ええ、アンジェリカさまにもぜひ見ていただきたかったわ……。ここのお庭全体が、真っ白に染まって美しいんですよ」

「真っ白に……？」

冬だというのにつやつやとした緑の葉を眺めて、想像しようとする。あまり雪の降らない、降ってもそれほど積もらない国で過ごしているアンジェリカには、にわかには思い描けない光景だ。

うっとりとした表情を浮かべる少女を微笑ましく見つめながら、果たして自分はその光景を見ることがあるだろうか、とちらりと思う。

「ぜひ見てみたかったですわ」

「これからひと月こちらにいらっしゃるんですもの、きっと機会はありますわ。あ、そうだ!」

クリーム色の髪を揺らして、メアリーはぱちんと手を打ち合わせた。くるり、とドレスの裾をひるがえして振り返る姿は、いかにも年相応の少女らしい。

鳶色の瞳を輝かせて、彼女はこう提案した。

「この奥に、小さな四阿があるんですよ。そこでお茶にしませんか?」

「ええ、ぜひ」

――そう答えてしまった十分前の自分にも、誘ってくれたメアリーにも非はない。あるとすれば、それは別の人間だ。いけ好かない青緑の瞳を思い出して、アンジェリカはいまいましい気持ちでいっぱいだった。

「あ、あの……」

　おろおろするメアリーに何とか微笑みかけて、アンジェリカは視線を前方へ戻す。その先には、おそらくメアリーが案内しようとしていただろう四阿があった。雪の多いシルト帝国ならではの、石造りのしっかりとした四阿だ。

　エーデルシュタイン城と同じ材質でできているそれは、陽の光を受けるときらきらと煌めく。常緑樹の中でも目立つ赤い屋根、ツタの絡んだ白い柱も相まって、まるで童話の中に出てくるような佇まいだ。

　その中で、二人の男女が肩を寄せ合って談笑している。黒髪の美女と、淡い金髪を陽に透かした美青年は、そこだけを切り取ればまるで一幅の絵画のように見えた。

（お似合い、というのはきっとああいうのを言うのね……）

　呼吸同然にエグバートに「かわいいアンジェリカ」と呼ばれ続け、うっかり失念していたが、アンジェリカの容姿は贔屓目に見ても十人並みがせいぜいだ。

　ずしり、と心に重しが載ったような気がして一歩後退る。とてもではないが、あの間に割り込むことなどできない。

　今すぐここから逃げ出したい。しかし、メアリーの手前そんな態度を取るわけにもいかない。途方に暮れかけた時、背後から声がした。

「これは、珍しい組み合わせで……散歩かな？」

「テオバルト殿下……」

ゆったりとした低音の主は、先刻心の中で宣戦布告した相手、テオバルトであった。アンジェリカは頬を引きつらせて、どうにか笑顔を作ると礼をとる。それに片手で応えて、テオバルトは微妙に目元をやわらげた——ように見えた。

「素晴らしいお庭ですね。メアリーさまにご案内いただいておりましたの」

「そうですか、そう聞けば庭師も喜ぶでしょう」

「アンジェリカ妃殿下に、お国のお話を聞かせていただいていたのです」

割り込んだメアリーの言葉に、テオバルトは今度こそ薄く笑みを浮かべた。二言三言ではあるが、彼女と会話する彼の表情は、昨夜に続き今日もにこりともしなかったアンジェリカへの態度とは随分と差がある。

——まあ、昨日初めて顔を合わせた自分と、長くこちらにいるらしいメアリーとを比べるのもどうかとは思うが。

(私には笑ってみせる気もないということ?)

いささかむっとして、アンジェリカは表情を取り繕うのも忘れてしまった。仮にも「仲良くしてほしい」と——まあ、上辺だけだろうが——言った相手にする態度ではないだろう。

そんなアンジェリカには構わず、テオバルトはふと思い出したようにメアリーに告げる。

「ああ、そうだ……メアリー嬢、エトムントが探していたよ。何か約束をしていたんじゃないのかな？」

「そ、そうでした……！　アンジェリカさま、申し訳ございません。わたくし、すっかり忘れていて」

「まあ、それなら行って差し上げて。わたくしは大丈夫ですから……そうね、テオバルト殿下がお暇でしたら、ぜひご案内をお願いしたいわ」

「私でよければ、喜んで」

全く喜んでいるようには見えない顔で、テオバルトが請け負う。それでも、メアリーはほっとした笑みを浮かべると、また後程と挨拶を残して慌ただしくその場を後にした。

「では、わたくしも……」

「いや、案内しよう」

メアリーにはああ言ったが、テオバルトに案内をさせる気などさらさらなかったアンジェリカは、その言葉に目を丸くした。昨日の彼の態度を考えても、アンジェリカと二人で話をしたいなど到底思っていないだろうに。

先程の言葉も、メアリーを安心させるための方便だと思っていたアンジェリカに、テオバルトは無表情に告げた。

「私ではご不満かな？」

「いえ……でも、テオバルト殿下はエグバートさまにご用がおありだったのでは？」

今、彼と話をしているのはアレクサンドラだが、元々呼び出したのはテオバルトだったはずだ。行くところだったか帰るところだったかは知らないが——とちらりと四阿へ視線を送る。いや、もしかしてただの口実だったのかも。

そんなアンジェリカの視線の先を追って、テオバルトは「ああ」とひとつ頷いた。

「もう戻るところでしたから。あいつは——アレックスは、もう少し話をしていきたいというので、残して……アンジェリカ？」

「そう、ですか」

おそらく、今自分はひどい顔をしているだろう。アンジェリカは、とうとう表情を取り繕えなくなって下を向いた。先程から胸に刺さった棘が痛い。じわりと目頭が熱くなって、涙が出そうになるのを何とか堪える。

泣くとしても、こんな男の前でだけは泣きたくない。

「ア、アンジェリカ……？」

異変を察したのか、テオバルトの声が少しばかり慌てたように調子を変えた。

何とか涙をひっこめることに成功して顔を上げると、どうしたことか、冷たい顔ばかり見せていたテオバルトが、今度は困惑した表情を浮かべてアンジェリカを見ている。おそらく、今アンジェリカも似たような顔をしているだろう。お互いその表情のまま顔を見合わせてしばらくして、テオバルトが噴き出した。

「あ、はははっ、な、なるほど……そ、そうか……」

突然笑いだしたテオバルトに、アンジェリカはますます混乱した。どうも先程から、イメージしていた彼とは異なる表情ばかり見ている。

しばらくして、やっと笑いをおさめたテオバルトは、アンジェリカに向かってにっこりと微笑みかけた。

「いやあ……あのエグバートが急に結婚したなどと言い出すから、どんな女かと思っていたけれど、きみ、なかなかかわいい性格をしているね」

「は……？」

「全然気付いていなかった？　アレックスは、あれは俺の弟だ」

「は…………？」

アンジェリカは礼儀もどこかに吹き飛ばして、間の抜けた声をあげた。

「え、ええ……⁉　アレクサンドラさまが、お、おとうと……？」

素っ頓狂な声をあげたアンジェリカに、テオバルトはひどく満足げな笑みを浮かべて頷いた。だって、とアンジェリカがぐるりと首を捻って四阿の方を見ると、先程あげた声は聞こえていなかったようで、未だに二人が談笑している姿がある。

──どう見ても、美女にしか見えない。

おとうと、という言葉の意味が、頭の中を駆け巡る。いや、もしかしたら「弟」ではなく、他の意味のある単語なのかもしれない。いや、ないか。

アレクサンドラの美しい顔をもう一度じっくりと見て、アンジェリカはテオバルトに向き直った。

「うそでしょう⁉」

「こんな嘘をついてどうする」

「だって、あんな、び、美女が？」

美女、という言葉に、テオバルトが苦笑を浮かべる。

「アレックスと俺は、双子の兄弟でな」

「ふたご」

「本当に幼い頃は、ちょっと見分けがつかないくらいには似ていたそうだ」

アンジェリカは、きょろきょろとアレクサンドラとテオバルトの顔を見比べた。確かに、顔は似ているような気はするが、見分けがつかないほどかといったら全くそんなことはない。猜疑心に満ちたアンジェリカの表情に気が付いたのだろう。テオバルトは肩をすくめた。

「アレックスは、小さな頃から姫と育てられていたからな。皇子として育てられた俺とは、いまや似ても似つかんよ」

テオバルトの話によれば、アレクサンドラ――いや、本名はアレキサンダーというらしい――は、幼い頃は病弱だったそうだ。二人の母である皇后は、アレキサンダーが病弱なのは、同じ歳の皇子が二人いるせいだと考えたらしい。

世継ぎは一人いればいいのだから、と天が彼を連れていこうとしているのだ、と。

昔を懐かしむかのような視線を宙に向け、テオバルトは話を続ける。

「世迷言と思うだろうが、母は母なりに必死だったんだろう」

そこで、病弱な方の皇子を姫と偽って育てることで、無事に成人させようと考えたのだという。

病弱なこともあって、アレキサンダーは線が細く、小食であったためかテオバルトより身長も低い。しかし、化粧を落とせばもう少し自分に似ているぞ、と彼はどこか不満げに口にした。

「そうですか……。ああ、そういえば似たような話をどこかの伝承で聞いたことがありますね」

「もしかすると、母も同じ話を聞いたのかもな」

くく、と笑ってテオバルトは、ほっとした表情を浮かべるアンジェリカの顔を覗き込んだ。

「昨日は大変だったぞ」

「き、昨日……？」

確か、朝方まで三人でお酒を飲んでいた、という時のことだろうか。んん、と眉を寄せたアンジェリカに、テオバルトがにやにやとした笑みを向ける。

「酔ったエグバートがずっと『かわいいアンジェリカ、かわいいアンジェリカ』と連呼して……」

「なっ……⁉」

「てっきり卑怯な手を使ってエグバートを籠絡（ろうらく）した女が来ると思っていたんだけどなあ」

「籠絡（ろうらく）っ⁉」

どちらかといえば、籠絡（ろうらく）されたのは自分だ。さすがにそれは口に出せないが、思わず遠い目になってしまうアンジェリカだった。

「それが、これだからなあ……」

「ちんくしゃで悪うございました」

「だから、かわいいって言ってたって言っただろ。悪い意味じゃない、そう怒るな」

むう、と唇を尖らせてむくれたアンジェリカに、笑ったままテオバルトが続ける。

「そうやってコロコロ表情が変わるところが、あいつの心を掴んだんだろうな」

その言葉にからかう意図はないのだろうが、こちらが機嫌を損ねている時に言われても全くもって嬉しくない。礼儀など投げ捨てて膨れっ面をしていると、テオバルトは軽く肩をすくめて話題を戻した。

「しっかし、最近じゃアレックスもすっかり身体つきが男になってきたからな。てっきり分かっているものだと思っていたが……まだまだいけるもんだな」

意味ありげな視線を投げかけられて、アンジェリカはぐっと言葉に詰まった。きっと、この男はアンジェリカがアレクサンドラに嫉妬していたことに気付いていたのだろう。むしろ、そう仕向けていたのに違いない。

わざわざ初日にエグバートを呼び出したのも、あからさまなほどアレクサンドラ——いや、アレキサンダーか、彼がエグバートと親しげに振る舞ってみせたのも、おそらくは、陥れられたであろうエグバートを助けたかったのだ。

事情が分かっても、やはりいけ好かない男には違いない。アンジェリカは唇を尖らせて、テオバルトを睨みつけた。

「では、ネタばらしをしていただけたということは、私は殿下から信頼を勝ち得たということですわね。……私がものすごい悪女で、エグバートさまにとって不利益にしかならないと確信したら、どうなさるおつもりだったの？」

「さてな、仮定の話はあんまり得意じゃなくてな」

そう嘯いてみせたテオバルトは、至って年相応の青年らしい表情をしている。なるほど、アンジェリカに冷たく当たったのもポーズだったわけか。

くすりと笑って、アンジェリカはテオバルトの脇腹を小突いた。はははは、と笑ったテオバルトの青緑の双眸には、エグバートに似た、悪戯小僧のような光が宿っている。

くだけた口調で話す、夫の親友。これなら、仲良くなれるかもしれない。こちらに来てから、知らず蓄積していた心の重しが軽くなったような気がして、アンジェリカはほっと息を吐いた。

その時のアンジェリカはすっかり油断していたのだ。

――そんな二人を見つめる視線があったことに、全く気付きもしなかったのだから。

第三話　王太子のお戯れ

　ぱしゃ、と水音を立てて、アンジェリカは大きく息を吐いた。シルト帝国へ来てまだ二日しか経っていないというのに、随分と濃い時間を過ごしたものだ。

　晩餐は、メアリーと共にした。気遣わしげな視線を送ってきた彼女に、大丈夫の意味を込めて微笑むと、食事が終わる頃には彼女も元の快活さを取り戻してくれた。またご一緒しましょう、と誘ってくれたメアリーとはもう少し親しくなれればいいと思う。

　テオバルトを筆頭に、エトムントもエグバートも、今日はシルト帝国の重鎮たちと晩餐を共にしている。少しはのんびりできるかと思っていたけれど、国交というのはやはり大変なものなのだな、と湯船のへりに頭を乗せてぼんやりと考えた。

　戴冠式に伴う行事が始まれば、アンジェリカもエグバートの片翼を担うことになる。初めての国外での公式行事だ。気を引き締めなければならない。ならないのだが――

「はあ……それにしても、これは本当に癖になる……」

　ちゃぷんちゃぷん、とお湯の音が響く。

まだ二回目だが、アンジェリカはすっかりこのシルト帝国式のお風呂にハマってしまった。ゆったりと広い浴槽に肩まで浸かり、足を伸ばせるのは最高だ。綺麗に磨かれた石造りの湯舟は、気を抜くと滑ってしまいそうな滑らかさ。その手触りを楽しみながら、大きく息を吸い込む。

特産品だという林檎の香りをつけた入浴剤に、同じ香りの石鹸。浴室を満たすそれは、甘さの中にも爽やかさの残る、アンジェリカ好みの逸品だ。香りが強すぎないのもいい。お詫びとお近づきの印に、とメモをつけてこれらを贈ってくれたテオバルトには、後でお礼を言わなければ。そして、できればいくつかお土産として持ち帰れるよう、入手先を教えてもらおう。

「ふわぁ……」

何度目か分からぬふやけた吐息が、湯気の中に吸い込まれて消えてゆく。あまり長湯をしてはいけない、とブリジットから注意されていたことを思い出して、アンジェリカは名残惜しい気持ちで立ち上がろうとした。

それと同時に、背後でかちゃりと音がする。

ちょっと長く入りすぎていただろうか。ブリジットが様子を見に来たのかと、慌てて振り返ろうとする。

「あ、ブリジット？　いま、今出るとこ――」

「おや、もう出るの？」

――今、ここで聞くはずのない声が聞こえなかったか。

どうか気のせいであってほしい。アンジェリカはそう祈りながら、恐る恐る背後を振り返り――息を呑んだ。

「へ、え、な、なんっ……⁉」

「そんなに驚かなくても。あ、ほら、これお水……長湯をするなら必需品だよ」

氷のゴロゴロ入った水差しから注がれた水は、火照った身体に心地よく染み入る。思わず受け取って飲み干してしまったが、アンジェリカの頭の中は未だに混乱状態だった。

「ん、よくできました。さ、ちょっと詰めて」

「え、ちょっと待ってください。どうして」

「これ？　そりゃシルトの入浴様式くらい、僕だって知ってるよ」

違う、そうじゃない。聞きたいのはそういうことではない。

立ち上る湯気で張り付いたのか、わずらわしげに淡い金髪をかきあげた顔には、妖艶な笑みが浮かんでいる。翠玉の双眸が、妖しげな光をたたえてアンジェリカを見つめていた。

ちょいちょい、とつつかれて、思わずアンジェリカが身を引くと、そのせいで少し空いた浴槽の中へ遠慮なく身体が入ってくる。

「なっ、何で入ってくるんですか、エグバートさま！」

「ええ？　せっかくだから、お風呂で僕のかわいいアンジェリカを愛でようかな、と」

「わあああ！」

腰に手を回したエグバートが、アンジェリカごとざぶんとお湯に沈み込む。浴槽からお湯が溢れて、浴室内の蒸気が一層濃さを増した。

慌てたアンジェリカの叫び声に、エグバートがくつくつと笑う。楽しそうな笑みだというのに、アンジェリカはなぜかその笑い声に背筋がざわりとした。

なぜかは分からないが、エグバートの機嫌はあまりよろしくない、ような気がする。アンジェリカの脳内で、危険信号が点滅していた。何とかして逃げ出さなければまずい。もぞもぞと抜け出そうともがくが、腰に巻き付いた腕からは逃れられない。身をよじろうとすると、ますます力を込められて、身動きが取れなくなってしまう。

「私、もう出ますから、離し、て、んっ」

首筋を、熱いものが這う感触に、アンジェリカは声をあげた。首の付け根をかぷりと噛まれ、同時にわき腹を撫で上げられて、身体から力が抜ける。

「大丈夫、僕がちゃんと入浴の作法を教えてあげるから、ね」

「んっ、でも、あんまり長くは」

「まだ慣れていないもんね、うん。僕がちゃんと面倒見てあげる……」

わき腹を撫で上げた不埒な手が、胸の膨らみをゆっくりと持ち上げる。そのまま揺すられると、お湯が跳ねてぱしゃぱしゃと音がたった。背骨の上を唇が辿り、そこからぞくぞくと快感が這い上がってくる。揺らされているだけの膨らみは、先端がぷっくりと勃ちあがり始めていた。

「は、ああ……」

「ああ、アンジェリカ、かわいいね……ねえ」

耳元へ戻ってきた唇が、耳裏をねっとりと舐めあげて、ついでとばかりに耳殻に歯を立てる。二、三度そうやって甘噛みをしたかと思うと、少しだけ強く耳たぶを噛んだ。

短い悲鳴を上げたアンジェリカに、エグバートが口の端を吊り上げる。

「……今日は、随分楽しそうだったね」

「ん、ええ……？」

吹き込まれた低音に、アンジェリカは困惑の声をあげた。乳暈をなぞる不埒な指に思考を邪魔されながら、今日あったことを思い出そうとする。

「楽しかった、といえば確かに、あ、やだっ……」

「……ふうん」

自分から聞いたというのに、それに答えようとするとエグバートの指先がアンジェリカの敏感な部分を摘まんで邪魔をする。その返答もおざなりで、彼が本当は返事を必要としていないことは明らかだった。

風呂にじっくりと浸かっていたアンジェリカの身体は上気し、白い肌は今や薄く色づいている。その温まった身体よりも熱いものが、ぐりぐりと押し付けられ、その存在を主張していた。

(あ、やだ、このままじゃ……)

じわりじわりと与えられる快感に、既に蜜が零れ始めている。このままでは、それに気付かれてしまうに違いない。焦るアンジェリカとは裏腹に、エグバートは首筋から右の肩口へ、そして左の肩口へと飽きることなく唇を這わせ、形のよい胸を弄んでいる。

時折吸い付かれると、その刺激だけではしたない声が漏れ、身体が震えてしまう。切なくなって、逃れようと身をよじった時、エグバートの大きな掌が太ももを撫で上げた。そのまますると、アンジェリカの柔らかな和毛をかきわけ、蜜を零す場所へと指先が侵入してゆく。

「ぬるぬるしてる」

笑みを含んだ声が、そう耳元で囁いた。かあっと頭に血が上って、目の前がくらくらする。ふらりと倒れかけた身体を、器用に自分にもたれかけさせて、エグバートはうっとりと続けた。

「これ、お湯じゃないね……まだほんの少し触れただけなのに」

「やだぁ……」

今にも泣きだしそうな声をあげて、アンジェリカは首を振った。久しぶりの快楽に、身体ばかりが素直に反応している。それに気付かれたことが何より恥ずかしい。

しかし、そんなアンジェリカを目にしたエグバートは意地の悪い笑みを浮かべて、さらに秘められた場所を撫でている。ぬる、とぬめりを纏った指が往復するたび、アンジェリカの口からは、言葉にならない嬌声があがった。

「かわいいアンジェリカ、お湯の中だっていうのに全然ぬるぬるが取れないね」

「そんなの、エグバートさまが、そんな風になさるから」

「おいで、洗ってあげる」

アンジェリカの抗議もどこ吹く風と聞き流し、エグバートはくったりとしたアンジェリカの身体を押し上げた。湯船のへりの広くなった場所に慎重に座らせると、置いてあった石鹸に目を留める。

「さっきからいい匂いがしてると思ったら、これか」

くすりと笑ったエグバートが、石鹸を手に取り泡立て始める。ぼんやりとそれを見ていたアンジェリカは、彼の言葉に首を縦に振った。

「入浴剤も……いただいて」

「入浴剤も？　貰ったって……誰に」

たっぷりと泡を作った手が、アンジェリカへ伸ばされる。柔らかな手つきで宣言通りに身体を這いまわる手に、ようやく「洗ってあげる」という言葉の意味を理解したアンジェリカは慌てて逃げ出そうとした。

「あ、こら……危ないから、大人しくして。こっちの風呂は滑りやすいんだ」

「じっ、自分で……いえ、もう洗いまし、あ、洗いました、ん、んんッ」

必死に逃げ出そうと試みるものの、長湯ですっかり力の抜けたアンジェリカが逃げられるはずもない。

ぬるぬると滑る手で胸を揉まれ、その手が滑る感触に腰が震える。先端を摘まむ指も、にゅるりにゅるりと滑らかに扱きあげるからたまらない。エグバートは執拗にその感触を愉しんでいる。

どうにかして逃れようとすると、わき腹をくすぐるようにつるんと撫でられ、力が抜ける。

散々に嬲(なぶ)られて、アンジェリカはもはや息も絶え絶えだ。

そもそも、アンジェリカがエグバートから逃げられたことなど、過去に一度もないのである。無駄なあがきを見せる妻の姿に、エグバートは大いに嗜虐心(しぎゃくしん)を刺激されたようだ。

「だめだよ、さっきぬるぬるになっていたところを綺麗にしないと……」

「きゃ、あっ、やだ、恥ずかし、んッ」

たらいに汲んだお湯で、軽く手についた泡を流すと、エグバートはアンジェリカの足を開かせ、その正面に陣取った。もう、何度も暴いた場所だというのに、そこは慎(つつ)ましく綺麗な色をしている。

あまりの恥ずかしさに、目を逸らそうとするアンジェリカの手首を掴むと、エグバートはきっぱりと宣告した。

「目を逸らさないで、しっかり見てて——かわいい僕のアンジェリカ。きみにこんなことができるのは、僕だけでしょう？」

どこかうっとりとした表情でありながらも、エグバートの翠(みどり)の瞳だけはぎらぎらと輝いていた。言っていることの意味が分からず——もちろん、言葉の意味としては理解できているが――身の危険を感じて、背筋がひやりとする。

「なに、を……？」

震える唇で紡いだ言葉は、しかしあっさりと黙殺されてしまう。赤い舌を出したエグバートがゆっくりと顔を近づけるのを、アンジェリカは目を逸らすこともできず見つめていた。

足の付け根を、舌先がつつく。ひくり、と震えた蕾から、何かを期待するようにとろりと蜜が零(こぼ)れた。心とは裏腹なその反応に、身体がかっと熱くなる。

「ここ、好きだよね」

「そういうこと、言わないで……」

つつ、と舌先が滑る感触に、アンジェリカは息を呑んだ。少しのくすぐったさと、それを簡単に上回る快感に目が眩(くら)む。お胎(なか)の奥が熱い。熱くてたまらない。だというのに、エグバートの舌先は付け根をなぞるばかりで、肝心な場所には触れてくれない。ねっとりと、付け根から太ももまでを舐める舌先を、目が追ってしまう。じっくりと炙(あぶ)るような、もどかしい感覚に、熱い吐息が零(こぼ)れた。

そんなアンジェリカの様子に、エグバートが口角を上げた。見せつけるように、今度は反対側の足の付け根に、そして太ももに舌を這(は)わせる。ふるりと震えるアンジェリカの反応に、エグバートはますます笑みを深くした。

「ほら、アンジェリカ」

「あ、あっ……ん、あっ」

ふうっ、と期待に震える化芽に息を吹きかけられて、身悶えする。燻る快楽が、だんだんとアンジェリカから正常な思考を奪っていった。

「も、やだ、エグバートさまぁ」

腰がひくつく。ねだるような声が勝手に出てしまう。涙の滲んだ目でエグバートを見ると、彼は仄暗いながらも満足げな笑みをたたえていた。

「ほら、アンジェリカ、かわいいアンジェリカ……気持ちいいでしょう？　ほら、言って？」

「あ、うん、きも、ち……あ、ああ……ッ」

エグバートに促され、アンジェリカはようやく教えられていたことを思い出す。素直に口に出さなかった時、どれだけ焦らされたことか。またあれを体験するのはいやだ、とばかりに口を開くと、エグバートの舌が敏感な粒をねろりと舐めた。

「ほら、ちゃんと言わなきゃ」

くすくす笑う夫を、涙交じりに睨みつける。しかし、その顔は赤く染まり、涙の滲む青い瞳は既にとろとろと蕩けていて、エグバートを喜ばせただけだった。

「ん、あっ、きもっ、んんっ」

「身体は素直なのに、アンジェリカは素直じゃないなあ」

気持ちいい、と口に出そうとするたびに、ぎりぎりまで追い詰められ、解放される。

素直じゃない、と言うが、言わせてくれないのはエグバートである。それなのに、決定的なひと押しを与えてもらえず、熾火のようだった快楽の炎は、既に全身を駆け巡っていた。と押しを与えてもらえず、燻り続けている。

「も、やだ、やだあ……」

駄々っ子のように、大きく首を振る。身体を支えることもできず、倒れ込むようにして背中を壁に預け、アンジェリカは身悶えしていた。足の間では、蜜口に舌先を侵入させたエグバートが、ぬめりを纏わせた指でゆっくりと花芽を嬲り、蜜を啜る。

浴室の中で、その淫らな音は反響して、やけに大きく聴こえた。

「ん、かわいいアンジェリカ……そんなかわいい顔をして……ほら、こんなにかわいい身体をして……はあ」

じゅ、と勢いよく吸われると同時に、器用な指が快楽の芽をきゅっと摘まむ。目の前がチカチカして、もう何も考えられない。

感極まったようなエグバートの言葉も、既に半分以上が聞こえていない。ただもう少し、あと一歩の快楽を求めて腰がうごめく。

「もう、もう……っ、おねが、ね、あっ」

今度は、長く、少しだけ筋張った指が侵入してきた。その代わりとばかりに、今度は舌が敏感な粒をくすぐる。もはや言葉にならない声をあげながら、アンジェリカの隘路は何の障害もなくその指を受け入れた。

「うわ、すっごい……引き込まれる……。中がうねうねしてて、ああ、本当に素直な身体」

「や、やっ……も、や、ね、いかせて、ね、ねえ……！」

うっとりとした声音でそう呟くと、エグバートは優しく指の腹で膣壁を押した。びりびりと痺れるような感覚が、全身を襲う。アンジェリカの身体を片方の腕で押さえつけると、彼はすっかり真っ赤に染まり、勃ちあがった芽に歯を立てた。

「あ、あああ……ッ」

目の前が真っ白に染まる。身体が勝手に跳ねて、きゅうきゅうと中に埋められた指を締め付け、さらに奥へと引き込もうとする。それに逆らうように引かれた指が、再び戻ってアンジェリカの弱いところを擦り上げていく。何度も繰り返されるそれは、じゅぶじゅぶと淫らな音を響かせ、その淫猥な音にまた身体が反応して、きゅんと奥が疼いた。

ようやく与えられた絶頂に、アンジェリカの意識が霞み、跳ねた身体が弛緩する。くったりと力の抜けた身体を、エグバートが器用にひっくり返した。

先程まで座っていた場所に、上半身をべったりとつけてうつ伏せになったアンジェリカは、その石の冷たさに少しだけ意識を回復する。あ、と思った時には、しっかりと腰を押さえつけられ、蜜口に熱いものが押し当てられていた。

「まっ……待って」

「だめ」

つぷり、と指よりも大きなものが押し入ってくる。一気に奥まで突き入れられて、アンジェリカの目の前で星が散った。

「は……っ」

エグバートの口から、詰めた息が漏れる。突き上げられ、揺さぶられて与えられる快感に、アンジェリカは成す術もなく捕らえられ、意味のない嬌声をあげることしかできない。

「いく、もう、イっちゃ、あ」

「だめ、アンジェリカ、もう少しだけ」

「むり……っ」

「あ、すごい、アンジェリカの中、きゅうきゅうで……ん……ッ」

エグバートの掠れた声が、アンジェリカの耳に届く。押さえつけていた腕が、アンジェリカの腰に回され、律動がさらに激しく、強くなる。

「や、あ、だめ、もう」

「ん、僕も……っ」

もはや、声さえ出せず、アンジェリカは全身を震わせて達した。それと同時に、エグバートもぶるりと震え、欲望を解放する。

その熱さを身の内に感じながら、アンジェリカの視界はゆっくりと暗くなっていく。

「かわいいアンジェリカ……きみを絶対逃がさないから……」

エグバートのその呟きは、湯気の中に霞んで消えていった。


気怠さが全身を覆っていた。懐かしくさえあるそれに、アンジェリカはぼんやりと――身を起こさぬまま息を吐く。

太陽の光が目に眩しい。目がしぱしぱする。カーテン越しだというのに、やたらと明るいそれに目を細めて、ふと今は何時なのかと疑問を抱いた。

「ん、ん……」

喉ががらがらする。きしむ身体を何とか起こして、枕もとの水差しからグラスに中身を注ぎ、一気に飲み干した。

「ん、あれ……？」

そういえば、いつ寝台に入ったのだったか。そう、確か――

眠気と気怠さに靄のかかった頭で、何とか思い出そうとした時、コンコンと扉を叩く音がした。

「お目覚めでいらっしゃいますか……？」

びくりと一瞬肩が跳ねる。が、それがブリジットの声だということに気が付いてほっとした。返事をしようと口を開いたものの、扉の外に届くほどの声は出ない。

再びノックの音が聞こえる。んんっ、と咳払いをして声を出そうとしたところで、そうっと扉が開いた。

「あ……ブリジ、ット？」

「よかった、起きていたんだね」

ブリジットが開けたのだろう、と思った扉から、ひょっこりと顔を出したのはエグバートだった。妙につやつやと血色のいい彼の顔を見た途端、昨日の浴室でのことを思い出してしまい、顔に血が上る。

真っ赤になったアンジェリカに、つかつかと近寄ってきたエグバートが、その顔を覗き込んだ。

「どうしたの？　かわいいアンジェリカ、顔を見せて」

慌てて上掛けを顔まで引き上げ、エグバートの視線から逃れようとしたが、そこは彼の手の方が早かった。ぎし、と寝台に腰かけると、上掛けを押さえてあげられないようにされてしまう。

にやにやした顔つきから、エグバートがアンジェリカの反応を楽しんでいるのは間違いないだろう。まるで昨日のことなどなかったかのような爽やかな彼の顔を、きっ、と睨(にら)みつけたものの、赤い顔では全く迫力は出ない。

「今日はゆっくりしていて——まあ、起き上がれないだろうけど」

「なっ……⁉」

アンジェリカの赤毛にくるりと指を巻き付けてそこに口づけると、エグバートは目を細めて満足げな吐息を漏らした。

そのまま立ち上がろうとする彼を引き留めようとするが、満足に動かない身体ではそれも叶わない。にんまりとした笑みを浮かべたエグバートが、軽やかな足取りで扉の外へ消えていくのを見送って、アンジェリカはため息をついた。

入れ違いに、ブリジットが入室してくる。眉をひそめていて、それはどうやらエグバートに対してのものであるようだ。全く、殿下は——と憤るブリジットをなぜか宥める羽目になり、アンジェリカは再びため息をつく。

「——それで、今は何時くらいなのかしら」

「まだお昼にはなっておりませんね。王太子殿下はこれからテオバルト皇太子殿下と昼食を摂られるとか。デイヴィットさまも呼ばれてらっしゃって……」

「お兄さまが？」

アンジェリカは首を傾げた。確かに、デイヴィットはエグバートの近衛隊長であるし、アンジェリカの兄でもある。しかし、だからといって隣国の皇太子との食事の席に着ける身分ではない。

「……なぜかしらね」

「さあ……私には何とも。それよりも妃殿下、何かお召し上がりになりますか？　食べやすいものをいただいて参りましょう」

ブリジットに問われた途端、アンジェリカのお腹からくう、と小さな音が鳴る。赤面したアンジェリカに、彼女はふふ、と微笑んだ。

「その調子でしたら、お食事をなさって休んでいらっしゃれば夜には回復なさいますでしょう。国から薬草茶を持ってくるべきでしたね」

「うっ……そうね……」

聞いただけで、口の中に苦みが蘇ってくるようだ。渋い顔をしたアンジェリカに気が付いて、ブリジットが笑い声をあげる。むう、とむくれた顔を作ろうとして失敗したアンジェリカもまた、彼女に誘われるように笑みを零した。

朝食兼昼食を終え、ようやく人心地ついたアンジェリカの前に、綺麗に切り分けられた林檎が差し出された。一切れ口に運ぶと、しゃくっとした歯触りと共に、じゅわりと染み出す果汁が口の中に広がる。自国で食べるものよりも、味わいが濃厚だ。

そういえば、昨日テオバルトから貰った石鹸や入浴剤にもこの香りが使われていたな、と思い出す。その後に浮かんだ卑猥極まる光景は、慌てて頭を振って追い出した。

「美味しいわね」

「ええ、特にこの時期のものは、蜜がたっぷりと入っていて甘いのだそうですよ」

「へえ……！」

しゃく、と音を立ててもう一口。甘さの中に、ほのかに酸っぱさが感じられるのが爽やかで心地いい。

窓から差し込む日差しは、柔らかで心地がよいし、晴天の空の下に出ることができれば気分がいいだろう。この林檎も、外で食べたらきっともっと美味しいに違いない。しかし、気分だけでも味わおうと、窓を開けてほしいとブリジットに頼んでみたところ、それは断られてしまった。

「今日は、昨日よりもずっと冷え込んでおりますから……」

「そう？　外は随分晴れているみたいだけれど」

「ええ、晴れている日ほどこの時期は寒いのだそうですよ。王太子殿下も、絶対に窓を開けてはならないとおっしゃいました」

　そこで一旦言葉を切って、ブリジットはうっすらと微笑んだ。

「全く、風にも当てたくないほどお大事になさっている妃殿下に、あれほど無体をなさるとは……王太子殿下は困った方でいらっしゃいますね」

「んもう、ブリジット！」

「うふふ、失礼いたしました」

　真っ赤な顔で睨むと、ブリジットは口元を押さえた。大人っぽい言動に惑わされがちだが、ブリジットはアンジェリカと歳は変わらない。

　王太子エグバートの熱烈な求婚による結婚――という表向きの話を未だに信じている侍女は、きっとそういう物語のような恋愛結婚に憧れがあるのだろう。外遊から戻ったら、ブリジットにもいい縁談を探してやろう。いや、もしかしたら既に恋人がいる可能性もある。

未だに笑みの形を作ったままのブリジットの口元を眺めながら、アンジェリカはしゃくりと甘酸っぱい林檎を齧った。

「……それにしても、エグバートさまはまだ戻られないのかしら」

「そうですねえ、昼食にしては少し」

何とか寝台から這い出して、居間の長椅子でゆったりとくつろいでいたアンジェリカだが、体調が回復するにつれて暇を持て余し始めていた。

これほど暇を持て余すことになるとは思っていなかったので、読みかけの本を一冊持ってきた程度だ。一応開いてはみたものの、何となく気が乗らず、ページはほとんど進んでいない。

「ああ、そういえば」

ブリジットが、ふと思い出したようにアンジェリカを振り返った。

「即位記念の仮装舞踏会のお話をなさっているのかも」

「仮装……？　仮面舞踏会ではなくて？」

ブリジットの発した耳慣れない言葉に、アンジェリカは首を傾げた。ええ、と頷いた侍女はアンジェリカに説明を始める。

「今回は、新年と皇帝陛下の戴冠式が同時期に行われますでしょう？　それで、こちらのお国で新年行事として行われている仮装舞踏会――まあ、仮装をする平民たちのお祭りみたいなものですね、それを国を挙げて、貴族も参加してやろうという……王太子殿下から聞いていらっしゃらないのですか？」

「……全然聞いていなかったわ。いやだ、何の準備もしてない」

あ、とブリジットが口を押さえたが、既に発した言葉は取り消せない。おそらくエグバートに「アンジェリカには内緒でね」とか何とか言われていたのだろう。

「準備なら、王太子殿下のご指示で……」

全く、人を驚かせるのが好きなエグバートらしい。しかし、今回ばかりは昨日のことも含め、少しばかりとっちめてやらねばなるまい。

ふん、と鼻息も荒く、アンジェリカは夫の帰りを待つことにした。

「ああ、そういえば言っていなかったね」

結局、夕食前になってやっと戻ってきたエグバートは、今思い出したとでも言いそうな表情を浮かべている。あまりに軽い口調でそう言うので、問い詰めようと思っていたアンジェリカは少々勢いを削がれてしまった。

それでも、きっと睨みつけると、しおらしい表情のエグバートと視線が合う。

「エグバートさま？」

「はは、悪かったね……ほら、少しばかり忙しかったし、それにアンジェリカの驚く顔も見たかったし、ね」

厳しい声を出してはみたものの、エグバートが眉尻を下げつつそう言うので、睨みつける視線が少し緩くなる。結局のところ、アンジェリカはエグバートに甘いのだ。

きゅうん、と切なげに鳴く子犬の姿が脳裏をよぎる。他の人間がいれば、アンジェリカに「それは甘い、騙されている」と忠告のひとつもしてくれたかもしれない。が、幸か不幸か、昨日の浴室でのあれこれについても追及するつもりだったアンジェリカは、侍女さえ下がらせていた。

仕方ない、と肩をすくめてため息をつくと、エグバートがぱっと笑みを浮かべる。その表情に苦笑して、しかしこれだけは言わねばと口を開く。

「あんまり変な仮装を用意なさるなら、引きこもりますからね」

「おや、それなら変な仮装を用意しておけばよかったよ」

いかにも残念そうな口調だが、表情は笑顔のままだ。ただ、その瞳の奥にちらりと昏いものがよぎったような気がして、アンジェリカはまじまじと彼の顔を見なおした。見間違い、だろうか。

――そういえば、昨日も、何か。

一瞬、頭の中に浴室での出来事が蘇る。口を開こうとして、アンジェリカの脳内で警鐘が鳴った。

あれを追及するのは、多分よくない。

あんまり当てにはならないアンジェリカの勘が、そう告げている。ぱく、と開けた口を何も言わずに閉じようとしたところへ、エグバートがにっこりと微笑んで顔を覗き込んできた。

「どうかしたの？」

気付けば、エグバートはいつの間にかアンジェリカの隣に腰を下ろしている。急に距離を縮められて、アンジェリカは息を呑んだ。それをごまかそうとして、思いついたことをそのまま口にする。

「そ、その……そう、当日は皇太子殿下も仮装をなさるの？」

「テオ？　うん、もちろん……だって、みんな仮装しているのにテオだけしていないのも変でしょう？」

想像してみる。

国を挙げての祝賀行事だ。おそらくこの広大な城のどこかには、大きなホールがあるだろう。エーデルシュタイン城にふさわしい、豪華絢爛なホールだ。まだ見てはいないが、きっと大きなシャンデリアが下がり、壁際には彫刻や絵画が飾られているに違いない。

そこに、思い思いの仮装をした貴族たちが集まりひしめきあっている。金と暇を持て余した彼らは、きっときらびやかで、技術の粋を凝らした装いだろう。仮面をかぶったり――そう、中には派手な化粧をして道化に扮したりしている者もいるかもしれない。他国の賓客も同様だ。さざめく歓談の声、うっすらと流れる楽団の楽の音――

そうして、少しばかり高揚した空気に包まれた場所へ、ファンファーレと共に正装したテオバルトが入場してくるのだ。

――うん、だめだ。想像しただけだが、絵面が面白すぎる。

思わず噴き出しそうになるのは堪えたが、笑い顔になるのだけは堪えられない。すると、エグバートがアンジェリカの髪を掬いながら肩をすくめた。二度、三度と梳くようにそれを繰り返しながら、唇を尖らせている。

笑いを堪えるのに必死だったアンジェリカは、そんな彼の表情には全く気付かなかった。

「楽しそうだね」

「楽しい、というより――」

問いかけに答える言葉の途中だというのに、エグバートの唇がその続きを奪い取ってしまう。ちゅ、と音を立てて何度か啄(ついば)むようなキスが繰り返された。

ふ、と息を吐く口元、アンジェリカをまっすぐ見つめる翠玉(すいぎょく)の瞳が間近にある。何を思う間もなく、腰に手が回されて、後頭部もまたエグバートの手にしっかりと抱え込まれた。

「ん、アンジェリカ……」

「ま、えっ」

慌てて制止しようと言葉を発したアンジェリカの唇の隙間から、エグバートの舌がするりと忍び込んだ。あっという間に搦(から)め捕られ、言葉を発することもできない。

間近にあるエグバートの瞳は、煌々(こうこう)と輝いている。普段と違うのは、その瞳の奥――とても分かりづらい場所に、昏(くら)い翳(かげ)りがあることだ。きっとそれは、アンジェリカだからこそ気が付けることだっただろう。しかし、それになぜ、と問いかけるよりも先に、エグバートの指先に翻弄(ほんろう)され、アンジェリカの思考はあっという間に霞んでいった。

翌朝、寝台の上で目覚めたアンジェリカは一人頭を抱えていた。

起きた時に身体がさっぱりとしていたこと、夕食前だからきちんとドレスを着用していたはずなのに寝間着を着ていることから考えて、エグバートが全て世話してくれたのだろうことは分かる。分かりたくないけれど分かってしまう。なぜなら、これまでに何度も同じ経験をしているからだ。

ロイシュタの王宮ではまあいい。あんまりよくないけれど、誰憚（はばか）ることのないエグバートの行動を侍女も近衛（このえ）たちも見て見ぬふりをしてくれている。その辺についてはもう諦めてもいた。

しかし、ここは他国の皇城である。ブリジットはきっとまた生温い笑みを浮かべるだけだろうが、その手伝いをしてくれる城勤めの侍女たちは何と思うか！

はああ、と大きなため息が口から漏れた。

少なくとも、この外遊中は毎晩――などという事態にはなるまいと思っていたのに、三日でこのざまだ。

この外遊の準備中、ブリジットに「薬草茶もお持ちになりますか？」と聞かれた時にいらないと答えるのではなかった、と後悔してしまう。自分がしっかり拒めばいいだけなのだけれど、結局それができないのは惚れた弱みというやつだろう。

それに――

昨日の、そしてその前の夜のエグバートの様子を思い出して、アンジェリカは眉を寄せた。どうも様子がおかしいのは間違いない。そして、それがテオバルトに関することなのでは、というのがアンジェリカに推測できる唯一の事柄だ。

「多分……エグバートさまは、私を皇太子殿下に近づけたくない……のかしら」

それならそれで、理由を言ってもらいたい。アンジェリカはううん、と唸り声をあげた。そのまま、しばし考え込む。

テオバルトに近づけたくない、というのなら、おそらくテオバルトに問題があるのだ。だってアンジェリカには理由がないから。そして、今、シルト帝国と彼にとって一番重要な問題は戴冠式。現在皇太子として彼が皇帝の名代を務めているが、実際には戴冠式が無事に終わらねば皇帝として認められない。そこから導き出される結論は。

「――お兄さまに、話を聞かないと」

エグバートに聞けば、またなし崩しにされるだろう。だが、兄、デイヴィットであれば大丈夫だ、問題ない。

今度こそ失敗しない。扉をノックする音に応えながら、アンジェリカは一人この後の予定を頭の中で組み立てた。

「妃殿下、今朝は――」

「ああ、ブリジット、ありがとう。今朝は大丈夫よ」

心配そうに入室してきたブリジットに微笑みかけたアンジェリカの、お腹の虫がぐう、と大きな音を立てる。そういえば、昨夜は夕食も食べていなかったのだった。お腹を押さえたアンジェリカを見て、ブリジットがくすりと笑う。そんな彼女に肩をすくめながら、アンジェリカはカーテンの隙間から零れる日差しに大きく伸びをした。

「今朝は、普通のお食事でも大丈夫そうですね」

にっこりと笑ったブリジットの言葉に、アンジェリカもやはり微笑んで頷いた。

第四話　王太子妃の無謀な冒険

軽装で出かけるところだったらしいデイヴィットを間際で捕まえ、適当な空き部屋に引っ張り込むと、アンジェリカは早速兄の尋問を開始した。

「さあ、お兄さま——洗いざらい吐いていただきましょうか」

「おまえは何を言っているんだ」

どこへ出かけるつもりだったかは知らないが、デイヴィットは近衛騎士とは思えない格好である。首を傾げはしたものの、ロイシュタでは広く顔を知られた兄のこと、知る人のない他国で羽でも伸ばすつもりだったのか、と胡乱な目つきになってしまう。

妹がそんなことを考えているなどとは気付かぬデイヴィットは、ちらちらと扉の方向を気にしながらも、アンジェリカに向き直った。

「——実は、エグバートさまのご様子が何かおかしくて」

「殿下が……？」

さすがに聞き捨てならなかったのだろう。エグバートの名を出した途端、デイヴィットは真剣な顔つきになる。

飄々（ひょうひょう）として見えるが、兄が案外情の深い性格であることをアンジェリカはよく知っている。特に、エグバートのことは時に「仕方のないやつだ」と口にしながらも、深く尊敬し、大切に思っているのだ。それを利用するのは、少々心苦しいものの――それは、アンジェリカとて同じこと。心配事があるのなら、それを払って差し上げたい。

真剣な表情で兄を見つめると、精悍（せいかん）な顔の中で迷いを浮かべた青い瞳が揺れていた。

なんだかんだ言って、この兄は妹にも甘いところがある。

「お兄さまは、何か知っているのでしょう？　ね、教えて……私、エグバートさまの助けになりたいの」

「アンジェリカ……」

これはいける、と思ったが、兄もさすが若くして近衛（このえ）隊長に任ぜられるだけのことはあった。迷いに揺れる瞳をしながらも、首を横に振ったのだ。

「いいか、アンジェリカ――いえ、妃殿下。あなたに危機が及べば、王太子殿下がどれほど心を痛められることか。それが分かっていて、事情をお教えするわけには参りません」

「……なるほど、やはり危険があるということね？」

アンジェリカの言葉に、デイヴィットがはっと口をつぐむ。しかし、時既に遅し。口元を押さえた兄が、妹の顔を睨みつける。その視線を真正面から受け止めて、アンジェリカは言葉を続けた。

「私は『エグバートさまのご様子がおかしい』としか言わなかったのに、お兄さまは『危機』とおっしゃったわ。つまり、何か危ないことに首を突っ込んでいらっしゃるわけね？　ええ、いいわ……お兄さまの立場では話せないでしょう。その代わり——」

ゆっくりと一呼吸置いて、くるりと部屋の扉へ向かう。

「お兄さま、わたくし今からテオバルト皇太子殿下にお会いして参ります。ええ、もちろんついてきてくださるわよね——でなければ、今からお兄さまの外出にくっついていくわよ」

「この……」

苦虫を噛み潰したような顔で、デイヴィットが唸る。勝利を確信して、アンジェリカはにんまりと笑った。

「ったく……近衛を脅して危ないことに首を突っ込むなど、王太子妃ともあろう者がすることじゃない」

ぶつくさ言いながらも、デイヴィットは大人しくついてきた。結局、今二人はテオバルトのもとへ向かっている。

　デイヴィットとしては、テオバルトを味方につけて妹がこれ以上首を突っ込まないようにするつもりだろう。が、それはどうだろうか、とアンジェリカは思っていた。

　ああ見えて、テオバルトは割と「面白いこと」が好きだと感じている。それは、アレクサンドラ――いや、アレキサンダーを利用してアンジェリカを煽ろうとしたことにも表れている。そこに、アンジェリカのつけ入る隙があるかどうかは不明だが、面白いと思えばテオバルトは兄ではなくアンジェリカに味方するだろう。多少見切り発車の自覚はあるが、兄を納得させ協力してもらうには、彼を味方につけねばならない。

「聞いてるのか、アンジェリカ。だいたいおまえはなあ」

「もう、お兄さま往生際が悪いですよ」

　実を言えば、既にテオバルトへの面会申し込みは済んでいる。例の四阿へ足を向けながら、アンジェリカはどうやってテオバルトを納得させるかを考えていた。

　外に出た途端、突き刺さるような寒さが襲い掛かる。厚手のショールを用意してはいたが、アンジェリカはぶるりと震えた。なるほど、晴れている日ほど寒い、というのは嘘ではないらしい。

　空は雲ひとつない晴天だというのに、日差しの暖かさよりも空気の冷たさの方が何倍も強いのだ。

くしゅん、とくしゃみをしたアンジェリカを見かねて、デイヴィットが自分のマントをかぶせてくれる。その暖かさに少しほっとしながらも、申し訳なくて兄の顔を見上げると、彼はぽんとアンジェリカの頭に手を置いた。

「そんな殊勝な顔をするのだったら、もっと前に見せてほしかったな」

「……んもう」

ため息をつきながらも、兄の不器用な優しさに礼を言う。肩をすくめてそれを受け取ったデイヴィットを連れて四阿へ向かう。すると、そこには既に皇太子テオバルトの姿があった。

「……意外とお暇なのかしら……？」

「失礼なことを言うな」

二人の姿に気付いたのだろう。テオバルトは、笑いながら手を上げる。その場で礼をとり、アンジェリカは微笑を浮かべた。

「お忙しい中、お時間を頂戴いたしましてありがとうございます」

「なに、もう戴冠式までは私も行事を楽しむだけだからね。案外暇なんだ」

「ま、まあ……」

くすりと微笑まれて、アンジェリカの顔に朱が上る。どうやら、小声で呟いたつもりが聞こえていたらしい。それはどうも、とごにょごにょと返すと、テオバルトは笑いながら手招きした。

傍には侍従が立っているが、警備の者を連れている気配はない。とはいえ、見えない場所には配置してあるのだろう。アンジェリカも、兄を伴いその場へと足を進める。

「デイヴィット殿、どうやらきみの妹君は意外と頭の回転が速いようだね」

「気取られるような接触はなかったはずなんですがね――どうも、うちの殿下が何か仕出かしてるみたいで」

「なるほど」

デイヴィットの言葉で、思い当たったらしい。口元に弧を描いたテオバルトが、今度はアンジェリカに視線を向けた。

「プレゼントは気に入ってもらえた？」

「え、あ、ええ……とても……」

その「プレゼント」を使った時のことを思い出して、アンジェリカの顔が真っ赤になる。ふうん、と呟いたテオバルトの瞳が、意味深に細められた。全てを見透かされているようで、落ち着かない気持ちになる。

そわそわとするアンジェリカを見て、テオバルトはとうとう笑いだした。

「はは……！　エグバートめ、しれっとした顔してたくせにな……！」

「テ、テオバルトさま……？」

突然笑いだしたテオバルトに、アンジェリカは目を瞬かせた。隣のデイヴィットを見ると、やはりよく分からないのだろう。目を丸くしている。

「そうかあ……なるほど、分かった分かった」

アンジェリカにはさっぱり分からない。今度はテオバルトの後ろに立っている侍従に目をやるが、彼は呆れたように主の姿を見ている。アンジェリカの視線に気付くと、軽く肩をすくめて目礼した。どうやら、主の非礼を詫びているつもりらしい。

きっと、彼はテオバルトの笑いの意味を理解しているのだろう。さすがは侍従である。素晴らしいことだ。素晴らしいついでに、アンジェリカにも分かるように解説してもらいたい。

「うん、いいよ。こうなったら、エグバートには悪いけど、アンジェリカにも手伝ってもらおうかな。意趣返しってやつ？」

「意趣返し、ですか？」

「うん」

どこか悪戯っ子の瞳で、テオバルトはアンジェリカを見た。

「もちろん、きみに危険が及ばないようにする。ちょうど、女性に——それも、身分の高い誰かに協力してほしいと思っていたしね」

にんまりとテオバルトが笑みを浮かべる。アンジェリカの思惑とはちょっと——いや、大変違っていたものの、どうやら意図した通りにはなりそうだ。

ごくり、と唾を呑み込んで、アンジェリカはテオバルトの話に耳を傾けた。

そこで聞かされたのは、アンジェリカの予想をはるかに超えた事件だ。

「誘拐……？」

アンジェリカの言葉に、テオバルトは頷いた。

四阿は、四人も入れば手狭だが、密談を行うにはちょうどいい。第三者に気取られぬよう警備を配置することは容易いし、そうしておけば近づく者を排除できる。

侍従に二、三指示を出したテオバルトは、アンジェリカとデイヴィットに座るよう促すと——実を言えば未だに全員立ちっぱなしだった——自分も腰を下ろし、優雅に足を組んだ。

「デイヴィット殿にお願いしたのは、その調査だったんだ。これは、エグバートにもちろん了承を貰っている」

テオバルトの言葉に、デイヴィットは頷いた。なるほど、とアンジェリカは得心する。今日、近衛らしからぬ格好で出かけようとしていたのは、そのためだったのか。

「でも、そういった調査でしたら専門の方がいらっしゃるのではなくて？」

「もちろん、そっちも動いている。だが、正直なところはかばかしくなくてな。それに……恥ずかしながら、即位に伴う行事が多く、手が回らない」

ふう、とテオバルトはため息をついた。目を閉じた姿からは、疲れが透けて見える。それでも、ある程度の目星はついた、というのだから、調査部隊は優秀なのだろう。

だが、いかんせん人手不足なのだと言う。

「なるほど、それで兄にお鉢が回ってきたわけですね。戴冠式ともなれば、他国からの旅行者も増える――あちこちでいろいろ聞き回っても、違和感がない」

「ああ。さすがは王太子妃殿下、頭の回転は悪くない」

「お褒めにあずかり恐縮です。意外と、ね」

くすりと笑ってみせると、テオバルトも先程の自分の言葉を思い出したのだろう。ふっと口元に笑みを浮かべる。

「――誘拐事件は、去年の年末に起き始めたそうだ。ちょうど、皇太子殿下の即位行事の準備がピークを迎えた頃で、市内の見回りが手薄になったところを狙われているという」

それまで黙っていたデイヴィットが口を開いた。いかにもしぶしぶ、といった口調であるのが、未だにアンジェリカが協力することに納得していないことを示している。が、テオバルトもアンジェリカも乗り気とあっては、デイヴィットが反対しても仕方がないこともまた、理解しているという口ぶりだった。

「いずれも、誘拐されているのは若い女性だ。一刻も早く助け出さねば、身の安全は保証できないだろう。――なあ、アンジェリカ、分かっているのか？」

デイヴィットの強い視線が、アンジェリカを見据える。それが、彼女を――王太子妃ではなく、妹を心配する兄の視線だと感じて、アンジェリカの胸が少しだけ痛んだ。

「お兄さま……」

「……と言って、聞くような妹じゃないことは分かっているんだがな」

はああ、と大きなため息がデイヴィットの口から漏れる。ごめんなさい、と呟くと、仕方がないと言いたげに大きな手がアンジェリカの頭を撫でた。

「おまえのことは――俺が守る。近衛騎士の意地にかけても、傷ひとつ付けさせはしない」

だから、とデイヴィットはアンジェリカの髪をくしゃりと乱した。

「無茶だけはしてくれるなよ……もう二度と、おまえを危険な目にあわせないと誓ったんだからな」

じんわりと、温かなものがアンジェリカの胸に広がる。今度は心の中でだけごめんなさい、と告げて、アンジェリカはそっと兄の手を握った。

この件について、エグバートを納得させるのは大変骨が折れた。主にアンジェリカの精神的な面で。だが、ぶすくれた顔をしながらも、必ず傍にデイヴィットをつけておくという約束で、彼はしぶしぶ受け入れる。

その後、不機嫌顔のエグバートに、それはもうねちねちと苛(いじ)められ、やっとの思いで眠りにつく直前、アンジェリカの頭にふと疑問がよぎった。昼の間こそエグバートの異変はこの件が原因だと思い込んでいたが、彼が隣国の問題に関して自分に悟らせるような真似をするだろうか。自惚(うぬぼ)れがすぎるかもしれないが、最愛と公言して憚(はばか)らないアンジェリカが誘拐された時でさえ、少なくとも公爵の前では始終冷静に立ち回っていたのだ。日々の公務でも、多少の問題ならばエグバート一人で解決して、アンジェリカは後から知らされることの方が多い。もしかして、彼の様子がここのところおかしかった原因は、この件の隠蔽(いんぺい)以外にあるのだろうか。

だが、その疑問を深く考える気力もなく、アンジェリカは睡魔に負けて、そのまま夢の中へ落ちていった。

「……頼んだよ、デイヴィット」

「仕方ありませんからね」

疑問を抱こうが何だろうが、やると決めたからにはやる。それがアンジェリカの意地である。

ここのところ、闘志が空回り気味なのもあって、アンジェリカは燃えていた。それを見守る男二人は、もはや諦めの境地に近い。若干恨みがましい顔をしたエグバートを残し、アンジェリカはデイヴィットを伴って意気揚々と部屋を後にした。

戴冠式に伴う祝賀行事の開催を一週間後に控えた街は活気づき、あちこちに露店が立ち並んでいる。今年は新年を祝う仮装舞踏会が盛大に催されることもあり、仮装のための道具を扱う店が多い。

煌めく仮面、衣装に始まり、化粧道具や装飾品など、その種類も多彩で、アンジェリカは目を輝かせた。

今日の彼女は、いつもとは雰囲気をがらりと変え、簡素なワンピースに身を包んでいる。その上で、寒さ対策として首にショールを巻き、もっこりとした厚手のコートを身につけていた。ちょっとした町娘風、と本人は思っているが、いいとこ下級貴族の娘がお忍びで街歩き、といった風情である。まあ、それも仕方がないだろう。ただの町娘を装うにしても、所作が違う。

その少し後ろから歩いてくるのは、シャツとズボンの軽装に、厚手のマントを羽織っただけのデイヴィットだ。寒くはないのだろうか、とアンジェリカは思ったが、本人は気にならないらしい。単独ならば、いかにも旅行者といった雰囲気だが、アンジェリカの傍にいると雇われ護衛のようにも見えるし、妹のお忍びに付き合わされた兄のようにも見える。いや、後半はそのまますぎるか。

二人とも髪の色から瞳の色、そして顔立ちに至るまで似通っているのだから仕方がない。

普段の町中ならば目立って仕方のない二人連れではあったが、戴冠式を見に来る旅人の多いこの時期、何とか不自然にならない程度に溶け込めていた。

「おい、アンジェ……あんまりはしゃぎまわるなよ」

「分かっていますって」

兄に「アンジェ」などと呼ばれるのは、子どもの頃以来だ。少しだけ懐かしい気持ちになりながらも、大人しく目的地に向かって歩き出した。

調査に当たっていた騎士の話によれば、確証はないものの怪しげな風体の男が何人か、とある店に出入りしているらしい。いわゆる歓楽街にある薬屋だというのだが、扱う商品は普通の薬屋とさして変わりはなかったそうだ。まあ、歓楽街のことなのでそれなりの商品もある、ということはデイヴィットの胸の内におさめられている。違法な薬品の取り扱いはない、というだけだ。

また、その近辺の飲み屋で張り込んだ結果、気になる話を聞いたともいう。残念ながら、全てを聞き出すことはできなかったが、酒に酔った男たちは上機嫌でこう漏らしていたそうだ。

「大きな獲物を捕まえられる好機、か……」

「わざわざそういう表現をするということは、今までとは違うってことよね」

広場に天幕を張った、少し規模の大きな露店を覗き込みながらぽつりとデイヴィットが零した言葉に、アンジェリカは声を潜めて答えた。

にぎやかに人が行きかう広場では、その声はかき消され、他の人には聞こえないだろう。ちら、と鋭く視線を走らせながら、デイヴィットは頷く。

アンジェリカは、それを横目に目の前の装飾品を手に取った。小さな貴石がいくつも連なるそれは、いつも見ているものからすれば透明度がいまいちだ。しかし、陽に透かしてみれば、きらきらと光を反射して、それなりのものに見える。

夜の帳が下りた頃、ランプの光で照らしたら、幻想的な雰囲気を醸し出すだろう。紫色のグラデーションが美しい一品だ。

「あら、案外お安い……」

「買ってやろうか？」

からかい交じりのデイヴィットの声に首を振って、アンジェリカはそれを棚に戻す。目敏い店の主人が揉み手をして近寄ろうとするのにも首を振って、次の店に移動する。

こうして、いくつかの店を冷やかしながら、次第に二人は件の歓楽街の前まで移動してきた。

「――さすがに、この中は無理だぞ」

「分かっているわ……そう、その手前のあそこ、あの店にしましょうか」

アンジェリカが指さしたのは、歓楽街に入る手前にある飲食店だ。看板を確認すると、そこはいわゆる喫茶店である。

シルト帝国名産の林檎を使ったスイーツがメインの、女性が好みそうな店だ。

「……本気か？」

「あそこ、歓楽街の前にあるでしょう。ああいうところは、店で働く女性が客として来るのではないかしら……ほら」

　少しばかりけばけばしい化粧をした二人連れが、店の中へ消えていく。それを目線で示して、アンジェリカはデイヴィットを振り返った。

「彼らは歓楽街に出入りしている可能性が高いのでしょう？　もしかすると、面白い噂話が聞けるかも。ええ、女性というのは噂話が好きですからね」

「……おまえもか？」

　眉をひそめたデイヴィットに、アンジェリカは肩をすくめた。

「さすがに私と噂話に興じるような人は、周囲にはいませんけれどね。さあ、行きましょ」

　先に立ち、店の扉を開ける。デイヴィットは慌ててその後を追いかけた。アンジェリカの想像通り、店内は雑談に夢中な女性客で賑わっている。

「それでさあ……そいつ、何て言ったと思う？」

「えーっ」

「もう、そんなヤツ相手にするのやめなって」

「だってえ……」

　そんな声を横に、店員に奥の隅、二人掛けの席に通されると、デイヴィットは居心地悪そうに店内を見回した。

かしましい店内には、デイヴィット以外に男性客の姿はない。

「おい、アンジェ……これは無駄に目立ってないか？」

「私と一緒なのだから、そんなに気にしなくてもいいんじゃないかしら。ほら、あんまりきょろきょろしてると、余計に目立っちゃうわよ」

　とはいえ、確かにデイヴィットはこの店内において間違いなく目立っていた。アンジェリカと同じ赤毛に青い瞳は、このシルト帝国では珍しいものだし、それでなくても背が高く、整った顔立ちをした若い青年というだけで、充分に注目を集める。

　ただ、連れがいる男性に声をかけるような無作法はしないものらしい。ちらちらと送られていた視線もやがて消え、店内にはまた喧騒が戻ってきていた。

「この、林檎の風味のお茶、これにするわ」

「俺も同じでいい」

　店員に注文を告げ、しばらくすると再び同じ店員が盆を持ってやってくる。二人の目の前には、濃い琥珀色をしたお茶と、それから小皿に載せられたクッキーがことりと置かれた。

「これは……？」

「サービスですよ。お客さん、シルトへは戴冠式を見に来たんだろ？　もちろん仮装舞踏会にも」

にっこりと笑った店員に、アンジェリカもまた笑みを浮かべる。

「そうね、ぜひ見ていきたいわ」

「見るだけじゃなくてさ、仮装舞踏会にはぜひ参加していきなよ……なんたって、あのエーデルシュタイン城の大広間にだって入れるチャンスなんだよ」

「私たちのような、旅行者でも？」

「もちろんさ。仮装さえしていれば」

「そうなの……ありがとう。露店で仮装を物色するのも面白そうね」

「ぜひそうしていきな！」

気のいい店員は、再びにっかりと笑うと手を振って席を離れた。声の大きい店員の話が聞こえていたのだろう、周囲も仮装舞踏会の話で盛り上がり始める。

やれ、自分はこんな衣装を用意しただの、当日は店を閉めてみんな揃って行くつもりだの――雑多な情報が洪水のように押し寄せてきた。

サービスされたクッキーをひとつ摘まんで口にすると、さっくりとした生地に林檎（りんご）を細かくしたものが練り込まれている。素朴な味わいで、甘みの中にほんの少し酸味が感じられた。これなら、お茶には砂糖を入れなくてもいいだろう。

「ほら、お兄さまも」

「……おまえ、俺が確認する前に……はあ」

どこか疲れたような顔で、デイヴィットは勧められた通りに一枚手に取ると、そのまま口の中へ放り込んだ。ん、うまいな、などと満足げに呟いている。

ほっと息をついて、アンジェリカはカップに口をつけた。ふんわりと林檎の香りがするが、味はさほど普通のお茶と変わりない。なるほど、風味か。

「ああ、そういやさ」

「どったの」

「ほらあ、最近よく出入りするようになったあいつ、つい昨日も店に来てくれたんだけどね」

「あら……随分入れ込んでくれてるじゃない。マメねえ」

聞こえてきた声に、ぴくり、とデイヴィットが反応を示した。声の主は、二つ隣のテーブルについた四人組の女性たちだ。おそらく、これから出勤なのだろう。身体にフィットした装いの上から、今は薄手のショールを羽織っている。

――そうそうそれそれ、そういうやつ、もっと聞かせて。

こっそりと聞き耳を立てる兄妹のことなど気付くわけもなく、その中の一人、栗色の髪をした女性が、手元のカップを撫でながらため息をついた。

「あいつもさぁ、仮装舞踏会に行くらしいのよ。でさ、じゃあ私も連れてって——って頼んだら、何て言ったと思う？」

「えー？　まさか、他の女と行くとか？」

「きゃはは、振られちゃったのぉ？」

「んもう、そんなんじゃないよ。何かさあ、よく分かんないこと言うんだよね……あそこへは、商売で行くからダメだって。大きな取引がある……だったかな？　それが終わったら、もう国へ帰るんだってさ」

「ええーっ」

「やっぱ振られてるんじゃん？」

「だーかーらぁ……」

デイヴィットとアンジェリカは目を見合わせた。

「わざわざ『仮装舞踏会で大きな取引』か……」

「これまで誘拐されているのは、若い女性、ね……」

すっかり日の落ちた広場だが、昼間よりも今が本番とばかりに賑わいを増している。

その中を通り抜ける二人の足取りは、少しだけ重い。

「アンジェリカ、やっぱり」

「いまさら手を引けと言うの？」

足を止めると、ぐっと目に力を込めて兄を睨みつける。その視線の先で、デイヴィットは険しい表情を浮かべていた。

「遊びじゃないんだぞ」

「分かっています」

兄妹の睨み合いは、おそらくは時間にして十秒にも満たなかっただろう。通りすがりのほろ酔い加減の地元民が、不思議そうにそんな二人を横目に見ながら人混みに流されていく。

ふう、とため息をついたのはデイヴィットの方だった。

「この……跳ねっ返りめ……」

「いやいや、さっすがだね」

そんな二人の背後から、突然会話に割り込む声がある。驚いて振り返ると、そこには黒髪をひとつに束ね、深緑のコートを身につけてステッキを手にした青年が立っていた。

「やあ、こんなところで奇遇だね。アンジェリカちゃん」

「……どちらさまで？」

じり、とデイヴィットが一歩前に出る。そのままアンジェリカを背後に庇い、青年を睨みつけた。明らかに顔見知りではありえない態度だ、デイヴィットの知った顔ではないらしい。もちろん、アンジェリカもこんなところに知り合いなどいるはずがない。

しかし、青年はアンジェリカのことを知っていた。デイヴィットに睨まれても、全く気にした様子もなくにこにこと笑みを浮かべている。どこかで会ったことがあるだろうか。記憶を呼び起こそうとして、その細められた青緑の瞳を見た時、アンジェリカはあっと息を呑んだ。

「アッ……アレ……ッ！」

「あれ？」

名前を叫ぼうとして、自分で口元を覆う。さすがにこんな公衆の面前で、大声で言うのはまずい、と理性が働いた結果である。

デイヴィットの訝しげな視線が、今度はアンジェリカに向けられた。それもそうだろう。他国の、こんな町中で、親しげに名前を呼ぶ男など、ロイシュタ王国の貴族令嬢としても王太子妃としても、知り合いにいていいはずがない。

しかし、目の前の男は「正解」と軽く呟くと、笑顔でその正体を暴露した。

「こっちの姿では初めまして、になるね。アレックスだよ、デイヴィット殿。分かるかな……アンジェリカちゃんは分かってくれたみたいだけど」

「こっ、こんなところで、何をなさってらっしゃるんですか！」

「やだなーアンジェリカちゃんに一番言われたくない台詞だなあ」

からからと笑いながら、ぱちん、と器用に片目を瞑ると、青年――アレックスは軽い口調でそう言って、手にしていたステッキをくるりと回した。

いかにも物馴れた仕草であるが、アンジェリカにしてみれば違和感しかない。何せ、彼とは女装姿でしか対面したことがないのだ。

こうしてみると、全く男にしか見えない。あの美姫と同一人物だとはにわかに信じ難くもある。しかし、あの瞳――兄であるテオバルトによく似た表情を浮かべるあの瞳が、アンジェリカに確信を与えたのだ。

「アンジェ、誰だ……？」

「お兄さま、気付かないんですか？　もう、ちょっとお耳を」

誰もこちらに気を留めもしないだろうが、大声で言える名ではない。耳を引っ張って答えを教えてやると、デイヴィットは溢れんばかりに目を見開いてアレックス――アレキサンダーを凝視した。

人目を憚り、裏門から城内に戻った三人は、暖炉の火が燃えるアレキサンダーの書斎で冷えた身体を温めていた。

書斎は、そう広くはない。ただ、壁一面を埋める本棚には、分厚い本がぎっしりと詰まっていて、彼の勤勉さを表しているようだった。緑が好きなのだろうか、ラグやクッションなど、そのほとんどが同系色をしている。そういえば、コートも似たような色をしていたな、とアンジェリカはぼんやりと考えた。

暖炉の前を囲むように置かれた椅子にそれぞれ腰を落ち着けたところに手渡されたカップの中身は、温めたミルクだ。ほのかに蜂蜜の甘い香りがして、口に含めば身体から余計な力が抜けていく。これを二人も飲んでいるのかと、兄のカップを覗き込むと、そちらは温めた葡萄酒で満たされていた。

「なるほど、調査に当たられていたのはアレキサンダー殿下だったのですね……」

「──僕は、まあ一応今でも公的にはアレクサンドラとして活動しているからね。こっちの姿では、あんまり知られていないんだ。だからまあ、動きやすいというのはある」

女装皇子、なんて言われてるけどね──とアレキサンダーは続けて笑った。

「わたくしから見たら、全く違和感のない美女ぶりでしたわ」

「ああ、いいよいいよ、そういうかしこまった話し方、本当は苦手なんだ。もっと気楽に……そう、二人とも僕のことはアレックスと呼んで。アレキサンダーだのアレクサンドラだの、ややこしいこと極まりないだろう？」

そう言われて、二人は顔を見合わせた。特に、アンジェリカは複雑な表情だ。こうして快活に笑うアレキサンダーの姿と、妬心（としん）を抱くほどエグバートとお似合いだったアレクサンドラ、その両方が同一人物だというのは、頭では理解できても感情として納得しがたい部分がある。その当人から、これだけ親しげに話しかけられると、どうしていいか分からない。圧倒されて、まごまごしてしまう。

その点、順応が速かったのはデイヴィットだった。

「では、アレックス殿下、と」

「殿下もいらないんだけど……まあ、さすがに強要はできないね。うーん、いいなあ……エグバートが傍に置いてるっていうだけあって、柔軟で真面目」

「恐れ入ります」

うんうん、と頷いたアレキサンダーが、今度はアンジェリカに視線を移した。その目つきは、テオバルトそっくりの悪戯（いたずら）っ子そのもの。

（なるほど、似ている――）

先程も、正体に気付くきっかけになった青緑の瞳は、こうして改めて見てもやはりそっくりだ。幼い頃は見分けがつかないほど似ていた、とテオバルトは言っていたが、こうして見るとそっくりとまでは言えない。それなのに、瞳だけは同じで、間違いなく二人が兄弟だということを知らしめている。

ふう、と詰めていた息を吐き出して、アンジェリカは頷いた。

「分かりました、アレックス殿下」

「だから、殿下は——ああ、うん、そう、そうだね。それで譲歩しよう。エグバートを怒らせるのは、僕も本意じゃない」

どうしてそこでエグバートの名前が出るのかは不明だが、とりあえず納得してくれたようなので良しとしよう。それよりも、本題に入りたい。

アンジェリカの表情に気が付いたのか、アレキサンダーは「ちょっと待ってね」と言うと、書き物机の引き出しを開けてごそごそと中をあさり始めた。

「ん、あった……これ、あげるよ」

「調査書……？」

それなりに厚みのある紙の束である。ぽん、と手渡されて思わず受け取ってしまったが、こんなに簡単に渡されていいものなのかどうなのか、判断しづらいところだ。

しかし、先程とは打って変わって真剣なアレキサンダーに気圧されるように、アンジェリカは頷いた。

「とりあえず、詳しいことはそれを読んでもらうとして」

再び椅子に座ったアレキサンダーが、カップに口をつけて小さく吐息を漏らす。

「誘拐事件の首謀者は、シルト帝国の貴族だ。シャルトルーズ王国と通じていて、この戴冠式をぶっ潰すのが狙いと思われる」

「なっ……」

突然出てきた不穏な言葉に、アンジェリカが息を呑む。しかし、デイヴィットが表情を動かさないところを見ると、どうやらその可能性については既に考えられていたようだ。

シャルトルーズ王国というのは、つい三年ほど前までシルト帝国と対立していた国である。ロイシュタ王国とはシルト帝国を挟んで反対側にあり、寒冷な土地として知られている。国境を挟んで小競り合いを何度も繰り返していたが、三年前に和平交渉の末に国交を正常化させていたはずだ。

その和平の証として、シャルトルーズ王国からシルト帝国に縁づくことになったのが――

「メアリー嬢の処遇を巡って、シャルトルーズ王国内で不満の声があがっている」

ぼすりと椅子の背に身体を預け、目を閉じたアレキサンダーが話を続けている。そう、確かメアリーはシャルトルーズ王国の出身のはずだ。婚約した馴れ初めについては聞いていなかったが、まさか和平の証として嫁いできたのだとは思っていなかった。

何せ三年も前の話だ。

「初期には、テオバルトの妻──つまり、皇太子妃として迎えてほしいという話もあったんだ。だが、それを父が拒絶した。シャルトルーズとの和平はこちらの譲歩で成ったもの、そこまでの待遇で迎えることはできない、と」

「それで、エトムントさまと……？」

アレキサンダーはひとつため息をついて頷いた。

「エトムントは、兄の右腕だ。将来国を背負って立つ重鎮の一人。それで満足していればいいものを……」

「メアリー嬢は何と……？」

「どうやらメアリー嬢自身はエトムントと気が合ったみたいでね。皇族に嫁ぐよりもずっといい、と言っている。まあ……あの年齢で一人他国へ送られれば、そう言うしかないんだろうけど……。少なくとも、傍目には仲良くやってるようだよ」

そう言われて、二人の姿を思い出してみる。うむ、確かにお似合いに見えたし、そういえばあの日は約束があるとか言って嬉しそうに駆けていったっけ……。なるほど、仲良くはしているようだ。

思わずほうっと息をついて、アンジェリカは肩から力を抜いた。それから、あることに気付いて首を傾げる。

「けど、彼らの目的は何なのです？　テオバルト殿下の戴冠式を潰したところで、何の益があると……」

アンジェリカの疑問に同調するように、デイヴィットもアレキサンダーの顔を見た。二人の視線を受けて、彼は深くため息をつきながら肩をすくめる。

「僕が本当は皇子だということは、シルトの貴族の間ではまあ公然の秘密。表立っては誰も言わないけど——それを、シャルトルーズ王国の人間に教えてしまったやつがいるわけだ」

カップに満たされていたホットワインを一気に飲み干すと、彼は静かに続けた。

「それで、思っちゃったんだろうね——僕を皇帝位につけて、シルト帝国の実権を握ろう、って。そんでもって、メアリー嬢を僕に嫁がせようってね」

ふん、とアレキサンダーが鼻を鳴らす。あまりにも荒唐無稽な話に、アンジェリカもデイヴィットも声が出ない。

しばらく、部屋の中を沈黙が支配した。

最初に我に返ったのは、やはりというべきか、デイヴィットであった。

「――今日、聞いた話を元にした推測ですが」

やや硬い口調ながらも、滑らかに話し始める。

「仮装舞踏会で、やつらは『大きな取引』があると言っていたそうです。我々は、それを単に『貴族の令嬢を狙う』という意味だと思っていましたが――」

「この不祥事を理由に、テオバルト殿下を廃嫡させるのが狙い、ということ？　でも、それだけじゃ少し弱くないかしら……」

デイヴィットの言葉に、アンジェリカが続く。確かに、戴冠行事として行われる仮装舞踏会で貴族の娘が誘拐されたとなれば、不祥事にはなるだろう。未だ解決されていない市井の誘拐事件と併せ、未解決であること、未然に防げなかったことを理由に、テオバルトの資質を問う声があがるかもしれない。

しかし、それだけでは廃嫡には至らないのではないか。

そもそも、彼の即位のために用意された式典だ。それをひっくり返すのは、簡単なことではない。

そんなことを言い合う兄妹を、黙って見つめていたアレキサンダーが口を開いた。

「そうだね、よほどの上位貴族の娘を狙うか――もしくは」

青緑の瞳が、きらりと光る。

「騒ぎに乗じて、テオを――皇太子を暗殺するか、だ」

第五話　仮装舞踏会は波乱に満ちて

どうしてこうなったのだろう。アンジェリカは、蝶を模した大きな仮面の下でひっそりと息を吐いた。

目の前では、仮装に身を包んだアンジェリカを眺めて、エグバートが満足そうに微笑んでいる。

彼の要望に応えるのが今回の騒ぎに協力する条件だと言われ、しぶしぶそれを呑んだアンジェリカだったが、早くもそれを後悔し始めていた。

エグバートが用意した仮装は、ロイシュタ王国では定番の歌劇の装束である。

「どうだい、アンジェリカ。素敵でしょう？」

「え、ええ……」

曖昧に頷いて、アンジェリカは得意げに胸を張るエグバートを見つめた。

歌劇の内容はこうだ。

とある御代（みよ）、王宮で行われた仮面舞踏会。王の発案で催されたその舞踏会で、王子は一人の令嬢に恋をする。『あなたを愛してしまったのです』と言う王子に、令嬢は『仮面の下も見ていないのに？』とかわそうとするが、三つのヒントを元に令嬢の素性を当てた王子は見事婚姻にこぎつけた。まあ、だいぶはしょったが、だいたいあらすじとしてはそんなところか。

――ロイシュタ王国で知らぬものはない歌劇、あの『ロイシュタ王子の花嫁探し』である。つまり、エグバートにとっては何代か前のご先祖の話であり、伝統の仮面舞踏会の元となった逸話でもあった。

まあ、悪くはない。仮装としては、間違いなくありだ。衣装も当時の流行をきっちり再現しているクラシカルなものだし、大きな仮面（これはまあ、当時とは違うだろうが）は、顔を隠すにはうってつけである。

髪の染粉まで用意した、というのだから、気合の入り具合が違う。

うん、いいだろう――仮装には間違いなくもってこいの衣装だ。

ただ、それを再現するのが、実際にその伝統となった舞踏会で花嫁を見つけたエグバートと、花嫁となったアンジェリカでなければ、だ。

（これは、かなり恥ずかしいのでは）

満足そうに笑うエグバートの顔を見て、アンジェリカは肩をすくめた。

あのアレキサンダーとの会合から、一週間が経っていた。

その間、各国から来賓が次々と到着し、その中にはもちろん、かのシャルトルーズ王国からの者もいる。彼らも城内に宿泊するのだろうとアンジェリカは思っていたのだが、どうやら賓客(ひんきゃく)を迎えるための迎賓館(げいひんかん)があるらしい。

そこへ滞在するのだと聞かされて、アンジェリカとデイヴィットはひとまず胸を撫で下ろした。

そして、テオバルト、エグバートも交えて協議した結果——アンジェリカは今現在、窮地に立たされているのである。

「ほら、かわいいアンジェリカ……もっとしっかり持って。汚れてしまうよ」

「じゃ、もうやめっ……あ」

ひくりと身体が跳ねる。ドレスをたくし上げていた指から力が抜けそうになったところに、エグバートの手が重なってぎゅっと握り込まれた。

アンジェリカが身につけているのは、エグバートが用意した仮装用のドレスだ。どうしても本番の前に着ている姿を見たい——というから身につけたのに。

エグバートの顔が今どこにあるか、考えただけで顔から火が出そうだ。いや、出るものならきっととっくに出ているに違いない。ぴちゃ、と猫がミルクを舐めるような音が耳に届くたび、頭の中身がどんどん蕩(とろ)けていく。

舌先が、蜜口をくすぐるのと同時に、エグバートの鼻先が充血した花芽に当たる。その刺激で足ががくがくと震え、立っていられなくなりそうだ。というのに、座ることも許されない。

「や、だめっ……んんっ」

涙の滲(にじ)む目で見下ろすと、持ち上げたドレスの裾(すそ)から膝立ちのエグバートがその中へ顔を突っ込んでいるのが見えてしまう。目で捉えた瞬間、身体の奥がぎゅっと締まったような感覚がアンジェリカを襲った。だめ、だめ、と思えば思うほど、その疼(うず)きは止まらない。

噛み締めていたはずの唇からは、もはや喘(あえ)ぎ声しか出てこない。じゅ、っと音が出るほどに湧き出る蜜を吸い上げられた瞬間、アンジェリカの瞼(まぶた)の裏に星が散った。

「ん、アンジェリカ……だめでしょ、イく時はイくって言わなきゃ……」

スカートの中から顔を出したエグバートが、微笑みながら言う。あ、と短く意味のない言葉は発するものの、アンジェリカは自分が達したのかどうかさえあやふやで、わけも分からぬまま首を振った。

「癪(しゃく)だけど、汚すわけにいかないから……」

はあっと熱い息が首筋に落ちたことで、アンジェリカは彼が立ち上がったことを知った。背中に回された指が、ボタンをひとつずつ外してゆく。

息苦しさを感じていたアンジェリカは、その意味さえ考えずに深く息を吸い込んだ。ほう、と息をついたアンジェリカの唇に、エグバートが優しく触れる。んっ、と抵抗もなくそれを受け入れると、だらしなく半開きだったそこへ舌が侵入してくる。

やさしく歯列をくるりと舐めて、舌の先をくすぐるように合わせられ、嬲（なぶ）られると、アンジェリカの口からはまたくぐもった嬌声（きょうせい）が零（こぼ）れ出す。ちゅるちゅると音を立てながら、舌の付け根までゆっくりと搦（から）め捕られた頃には、ドレスのボタンは全て外されて、ボディスも脱がされていた。ついでとばかりに寝台に沈められると、スカート部分もするりと引き抜かれる。

「ん、かわいいアンジェリカ、きみはほんとに……」

熱のこもった視線が、露（あら）わになったアンジェリカの肌の上を滑ってゆく。二の腕に歯を立てられて、アンジェリカはぶるりと震えた。

「痕は、つけちゃだめ……」

「……分かっている。ここにはつけないから」

甘く噛みついて、その反対側の柔らかい部分に舌を這（は）わせる。小さく震えるアンジェリカの身体を愛おしそうに眺めて、エグバートは苦しげに眉を寄せた。

「くそ……いっそ見える場所に痕を残せば、きみが誰のものかみんなに分からせられるのに」

デコルテに唇を寄せ、痕のつかない程度に吸い付きながら零した言葉は、アンジェリカの耳には届かない。ぱちん、と音を立てて最後の留め具が外れ、コルセットが緩んで柔らかな双丘が顔を出した。

既に赤く熟れた先端は、窮屈な締め付けから解放されて、まるで食べられるのを待っているかのようだ。エグバートが口に含むと、またアンジェリカの唇から嬌声が零れ出た。

未だに仮面をしたままなのに、既にドレスを脱がされコルセットも外されたアンジェリカの姿は、淫靡さに満ちている。

情欲に歪む視界でそれを捉えたのか、エグバートははっと息を吐いた。

「ん、もうそれも外そうか……」

仮面を止めていた金具がぱちんと外され、ぽとりと寝台の上に落ちる。いっそ壊してしまえば、アンジェリカは仮装舞踏会には出られなくなる、とでも考えていそうな昏い笑みを浮かべたエグバートは、首を振って衝動をやり過ごす仕草を見せた。

仮面の下から現れたのは、潤んだ瞳と紅潮した頬。真正面から視線を交わすと、エグバートはその唇に噛みついた。先程とは打って変わって激しい口づけに、アンジェリカの唇からはくぐもった声と呑み込み切れない唾液が零れる。

「ん、やあ……」

「いや……？　かわいいアンジェリカ、そんなことを言って、ほら、聞こえる……？」

足の付け根に指を差し込まれ、ぬるりとした感触が伝わる。くちゅくちゅと音を立てながら、塗り込むようにそれを伸ばして花芽をかわいがられ、アンジェリカはさらに顔を赤くしてあられもない声をあげた。

性急に差し込まれた指先に、蜜口が吸い付く。その反応に、にんまりと笑みを浮かべ、エグバートは下穿きを緩めると先端をそこへ宛がった。

つぷり、と入り込んでくる質量に、アンジェリカが息を詰める。エグバートもまた、歯を食いしばるようにして隘路へと割り入っていく。

「ん、あ、も……っ」

「アンジェリカ、かわいいアンジェリカ……もう少し、力抜いて……っ」

アンジェリカの中は、何度エグバートを受け入れても窮屈で狭い。ただ、最初の頃よりもずっと柔軟に彼の肉茎を呑み込んでゆく。

勝手知ったる、とばかりに良いところを擦り上げられ、アンジェリカはひときわ高い声をあげて啼いた。もはや、意味のない言葉しか出てこないが、それを聞くとエグバートの興奮はますます高まるらしい。

手加減すら忘れたエグバートに腰を打ち付けられる。ぱんぱんと乾いた音が鳴り、つながった部分からはぐっちゅぐっちゅと淫靡な音がした。

「ん、アンジェリカ、アンジェ、僕のアンジェ……」

「や、ああ、エッ……あ、あああ……ッ」

アンジェリカの身体が、ぶるぶると震える。必死に首を振って快感を逃そうとする彼女の腕を、エグバートが掴んでぎゅっと押さえつけた。

「逃げないで、ほら……っ」

ぐっと体重をかけて、さらに奥へ押し込まれ、アンジェリカは大きく身体を痙攣させて頂点に達する。それに少し遅れるようにして、エグバートもまたアンジェリカの中に欲望を吐き出した。

「ん……アンジェリカ、愛してる……」

耳元で囁かれたが、ちゃんとは分からない。脱力したアンジェリカの身体をぎゅっと抱き締めて、エグバートはしばしの間目を閉じた。

翌朝、というよりも昼近い時刻に目覚めたアンジェリカは頬を膨らませ、向かいに座るエグバートの顔を睨みつけた。ただ、それが少しばかり迫力に欠けるのは、アンジェリカもさほど強く拒まなかったことに起因している。それが分かっているから、睨みつけられたエグバートも、にまにまとした笑みを浮かべたままだ。

「もう……着てみるだけ、とおっしゃったのに」

「うんうん、ごめんごめん」

「全く反省してらっしゃらないでしょう」

ふん、と鼻を鳴らしたアンジェリカではあったが、それ以上追及はしなかった。

彼女が強く出られないのには、もうひとつ理由がある。それが、明日から四日間開催される仮装舞踏会での『作戦行動』だ。その中でアンジェリカは、エグバートと別行動となることが決まっている。

相談の上で決定したこと、エグバートも納得済みではあったが、よほど一緒に出席するのを楽しみにしていたのだろう。了承する条件として出されたのが「仮装の衣装を着たところを一番最初に見たい」だったのだ。それがあんなことになるとは予想外だった。

——思い出すのはやめよう。次にあの衣装を着る時に恥ずかしくて仕方がなくなってしまう。まさかそれが狙いじゃないでしょうね、とカップを傾けるエグバートの顔を盗み見るが、本人は至って爽やかな表情である。

「明日かぁ……」

「明日ですね」

かちゃ、とかすかな音を立ててカップがソーサーへ戻される。同時にため息をついた二人は、肩をすくめて苦笑を交わした。

そして、仮装舞踏会の日がやってくる。

「いい、アンジェリカ……危ないと思ったら、すぐに逃げるんだよ」

「それはもちろん。でも、大丈夫ですよ」

女性の用意は何かと時間がかかる。先に準備を始めたアンジェリカは、心配そうな顔をしたエグバートにそう声をかけられて微笑んだ。

「別に僕が一緒でもいいと思うんだけどなあ」

「そこはきちんと話し合ったじゃありませんか……」

なおもブツブツと呟くエグバートの手を握って、アンジェリカはえい、とそれを引っ張る。体勢を崩したエグバートの唇に自分のものを軽く重ねて、アンジェリカはぱっと身をひるがえした。

「あ、アンジェリカ……！」

「全部片付いたら、一緒に仮装舞踏会、楽しみましょうね」

あー、とかうーとか喚いている夫に背を向けて、アンジェリカはブリジットを急かして寝室にこもると準備を始めたのだった。

さて、仮装舞踏会は戴冠式に伴う祝賀行事という位置づけである。また、新年を祝う民間行事でもあるため、当日は城内の大広間だけでなく広場に面したバルコニーの下にも、いや、城下町全体に仮装した人々が溢れていた。

開会を宣言するのは、皇太子テオバルト。深い赤の騎士装束に毛皮のマントを羽織った姿でバルコニーに現れると、割れんばかりの歓声があがった。

エグバートから聞いた話だが、あの衣装はシルト帝国を建国した初代皇帝の肖像画に描かれているものなのだという。歌劇や芝居のみならず、小説から絵本の題材にまでなっていて、シルト帝国の民ならば一度は目にしたことがあるのだとか。

初代皇帝は英雄として語られている。武勇伝に加え、細やかな施策でシルト帝国繁栄の礎を築いた偉大な皇帝だ。民衆の人気も高い。

そして、皇太子テオバルトもまた同様だ。逞しい体格と近隣諸国からの評判が示す通り、彼は文武両道を体現している。現在、国内外の情勢は穏やかだが、その外交手腕から民衆に熱烈な支持を受けているそうだ。そのテオバルトが初代皇帝の仮装をしていることで、彼らは大変興奮し、広場はちょっとした騒ぎになっていた。

「――こうして、新しい年を迎えられたことを嬉しく思う。私もこれから心新たに、この先のシルト帝国の繁栄のために尽くすことを誓おう！　今日から四日間、皆楽しんでくれ。さあ――仮装舞踏会の始まりだ！」

テオバルトの宣言と共に、バルコニーの下に集まった人々のわあっという歓声が広がり、城下町の方まで広がってゆく。万歳の声があがり、その熱気は最高潮に達していた。

これでは、怪しい人物を見つけるどころの騒ぎではない。ふう、と息を吐いて、アンジェリカは背後を振り返った。

真っ黒な三角帽子とドレス、そして真っ赤な仮面を身につけて魔女の仮装をした大柄な女性が、くすくすと笑いながらそこに座っている。

「見ていなくてよかったのですか？　せっかくの兄君の晴れ舞台を」

「いいのよ。その代わり、戴冠式は特等席で見るもの」

真っ赤な紅をさした唇が、愉快そうに弧を描く。その姿を眺めて、アンジェリカは肩をすくめた。なるほど、正体を知っていれば確かに男性に見えないこともない。が、一見しただけでは全く分からない。大したものである。

「お見事ですねぇ……どこからどう見ても姫ですよ」

「年季が入っているからね。とはいえ、さすがに肩幅とかがそろそろ……これは袖が膨らんでるからまだましだけど」

くすくすと笑いながら魔女――アレキサンダー、いや、この姿ならばアレクサンドラと言うべきか。少々迷ったが、ここはアレクサンドラでいいだろう。彼女は、テオバルトがバルコニーから室内へ入ったのを確認して、よいしょ、と淑女らしからぬ声をあげて立ち上がった。

「さて、行こうか。着く頃には準備も終わるはずだ」

その声に、少々緊張気味に頷いて、アンジェリカはアレクサンドラに続いて部屋を出ていった。

二人が部屋に着いた時、既に準備は終わっていた。

今日の計画では、敵の目を欺く（あざむく）ため、エグバートとテオバルトが入れ替わりを行うことになっている。

入れ替わったテオバルトと行動を共にして、事件を起こそうとしている怪しげな人物を見つけることが、今日のアンジェリカの任務であった。

「いいか、アンジェリカ……怪しいやつを見つけたら、すぐに俺に報告するんだぞ。絶対自分でどうにかしようとか思うなよ？　──では、お願いします、テオバルト殿下」

デイヴィットの言葉に、『ロイシュタ王子』の仮装をした青年──テオバルトが頷いた。

エグバートのものと同じ淡い色の金髪のかつらと、顔を覆う面をかぶっている。

本来ならば、仮面は白の、目元を覆うだけのものだが、顔が全く違うことがバレては困るからと急遽(きゅうきょ)用意させたものだ。

その奥、長椅子にどっかりと座っているのは、先程のテオバルトの仮装をした青年──こちらがエグバートである。彼もまた同じように、顔を覆う面を身につけていた。

その二人を見比べて、アンジェリカは驚きを隠せない。二人とも、全く違和感のない入れ替わりぶりだ。

今『ロイシュタ王子』の格好をしているのがテオバルトで、逆に『シルト帝国初代皇帝』の格好をしているのがエグバートだなんて、入れ替わりを知っているアンジェリカですら分からないほどだ。

「私が一緒にいる時には、テオを害したりしないはず。私を担ごうとしている以上、私が疑われるようなことはしない、と思うわ。希望的観測でなければいいのだけど」

　アレクサンドラの言葉に、アンジェリカは頷いた。

　計画を立てた際、エグバートは最後まで納得しなかった。だが、こうして入れ替わることで城内に詳しいテオバルトに案内を任せられるし、相手の油断を誘うこともできる。アンジェリカの存在は、カモフラージュのひとつでもあった。

　当初アレクサンドラもまたアンジェリカと入れ替わりたいと言っていたが、さすがに体格が違いすぎる。その案は諦めるしかなかった。

「本当に、今日、事を起こすでしょうか……」

「一番可能性が高い、と思ってるわ」

　不安げなアンジェリカの言葉に、アレクサンドラが短く返す。これも、何度も検討したことであった。

　敵の狙いが騒ぎを起こすことならば、一番人出が多い初日に行動するだろう。また、暗殺計画を実行し、アレキサンダーを皇子として公表すると共に次の皇帝として即位させるのであれば、戴冠式（たいかんしき）までの日程がそれなりにあった方が動きやすい。

「では、行って参ります」

　テオバルトに扮したエグバートに声をかけると、彼は無言で頷いただけだった。それに何となく違和感を覚えながらも、アンジェリカはエグバート——いや、『ロイシュタ王子』に扮したテオバルトと共に、その部屋を後にした。

仮装舞踏会の会場は、城内だけではない。だが、事が行われるのであれば、おそらく開放された大広間だろう。バルコニー下や城下の広場では、騒ぎが起きたとしてもそれに乗じるのは難しい。

というわけで、アンジェリカとテオバルトがすべきことはまず、城内に入り込んだ誘拐犯の一味を見つけ、犯行を行わせないことが第一となる。

会場内の全ての人間が仮装していることを考えると、なかなか骨の折れる作業なのではないか、とアンジェリカは思っていた。誘拐犯の一味にしても、貴賤入り乱れる会場内で、うまく貴族の娘を狙うことは難しいだろう。

しかし、実際に会場内に入ると、なるほど——と思わざるを得ない。それほど、両者の差は分かりやすいものだった。

仮装、というからには別に顔を隠す必要はないはずだ。しかし、正体を隠すという先入観にとらわれた貴族たちは、こぞって顔が分からないよう手立てを講じている。仮面であったり、目深にかぶったフードであったり、ヴェールであったりと、その方法はさまざまだ。

これならば、エグバートとテオバルトが顔を覆い隠す面をかぶっていても、大して目立ちはしないだろう。

一方、仮装に慣れた平民たちは、特に顔を隠す必要を感じていない。それぞれ、思い思いの仮装に身を包み、おそらくは初めて入った城内の華麗さにきょろきょろと周囲を見回しては感嘆の声をあげている。

「なるほど、そういうことなのですね……」

アンジェリカの言葉に、テオバルトは軽く頷いた。声を出さないのは、正体が露見するのを危惧してのことだろう。そう理解しているので、彼が何も話さないことには特に違和感はない。

どちらかといえば、気になるのはその距離感だ。こんなにぺったりくっつく必要があるだろうか、と思うほど、彼はアンジェリカに寄り添ったまま離れない。

見上げる顔が、いつもよりもちょっとだけ高い位置にある。二人の身長差を考えれば当然だが、普段エグバートがいる位置だけに、気になって仕方がない。

思わずじっと見上げていると、テオバルトもアンジェリカを見た。ご丁寧に、目の部分さえも黒のメッシュで覆った面のせいで、どんな表情をしているのか窺い知ることはできない。それでも、彼がじっとアンジェリカを見ていることだけは察せられた。

「あ、の……」

何とか絞り出そうとした言葉が、喉の奥に引っかかる。妙に視線が熱いように感じてしまって、アンジェリカは慌てて目を逸らすと俯いた。

この衣装を、エグバートが着ているところを思い出したからだ、とアンジェリカは心の中で言い訳をする。テオバルトが自分をそんな目で見るはずがない。きっと、あの時のことを思い出すから、そんな風に感じるのだ。

ぶるぶると首を振って、アンジェリカは気合を入れ直した。今はそんなことに思いを馳せている場合ではない。

隣の『ロイシュタ王子』がふふっと笑ったような気がして、アンジェリカは火照った頬を膨らませた。

「んんっ……そ、それにしても、お顔を隠されていては、さすがにお目当ての方も分からないですね……」

とにかく真面目に、真面目にやらなくては。アンジェリカはひとつ咳払いをして何とか気持ちを立て直そうとした。

貴族の令嬢を狙う、というのは分かっている。誘拐された娘は、その筋の店に売られることになるだろう、とアンジェリカを気にしながらもきっぱりと告げたのはアレキサンダーだった。しかも、国外――つまり、シャルトルーズ王国へ連れていかれる可能性が高い。となれば、シャルトルーズ王国と懇意にしている貴族の娘は除外してよいだろう。さすがに娘をそんな目にあわせてまでの栄達は望むまい。ならば候補は誰になるかと言われれば、それは決まっている。

その貴族と政治的に敵対している家の娘だ。

確証はない、と前置きしながらも、アレキサンダーはいくつかの家の名を挙げていて、テオバルトもしかめっ面をしながらそれに同意を示していた。

まずはその候補者たちの所在を確認して、周囲を警戒する。政治的に近い家同士の娘であれば、親交が深いだろう。こういった場では、友人同士で過ごすことも多いため、見つけやすいはず。

あとはさり気なくその近くにいて、不審な動きを見せる者がいればそれを捕らえる。

言葉にしてしまうと至極単純で簡単そうだが、人の顔が分からなくて大変だった。

きょろきょろと周囲を見回しながら、会場内を巡る。仮装している、という非日常感がそうさせるのか、意味ありげな流し目が飛んできたり、声をかけられそうになったりもした。そのたびにテオバルトが威嚇してくれる。顔が見えないので、どのようにしているのかはアンジェリカにはよく分からなかったが。まあ、そもそも相手も大した意味のない行動なのだろう。彼らは笑い声を立てながら、すぐに違う方向へと流れてゆく。

ふう、と息をつきかけたその時、急に強く肩を掴まれた。え、と声をあげそうになったが、それをぐっと呑み込むと、アンジェリカはその面が見ているのだろう方向を見た。

ああ、と声をあげかけてぱっと口を押さえる。視線の先にいるのは、若い女性の三人組だ。各々色違いで赤青黄、と揃えた小さな三角帽子、目元にたらされたヴェールにマーメイドラインのドレス。それに短めのマントを羽織(はお)ったその姿は、周辺諸国でも有名な歌劇『騎士と可憐な妖精』に出てくる三人の女賢者のものだ。なるほど、仲良し三人組で仮装をするならば、こういう合わせ方もありだろう。お揃いの衣装に身を包んだ彼女たちは、とても楽しそうに見えた。

「あの方たち、ですか?」

アンジェリカの問いに、テオバルトは頷いた。若い女性だけということもあって、やはり声をかけられたり、視線を送られたりしているようだが、彼女たちは笑って流している。この慣れた態度から察するに、シルト帝国ではこういう誘ったり断ったりというのは一般的に行われているのだろう。

思わず隣のテオバルトを見上げると、言いたいことが通じたのだろう。軽く肩をすくめた彼は、緩やかに首を横に振った。

「で、ですよね……」

　ごほん、と咳払いしたテオバルトに睨まれた気がして、アンジェリカはごまかすように笑い顔を作った。

　扉が開放されているせいか、陽気な音楽がうっすらと聞こえる。大広間を埋める人々は、供された酒や立食形式の軽食を楽しみながら、会話を弾ませていた。

　きっと広場では、その音楽に合わせて既に踊りが始まっているに違いない。覗いてみたい、と少しだけ思うものの、その機会に恵まれることはなさそうだ。

　漠然と、いつものような舞踏会を想像していたアンジェリカだが、だいぶ予想とは違っている。広間の中には楽団の姿は今はない。しかし、席だけは設えられているところを見ると、四日間のうちどこかでは、この広間でもダンスが行われるのだろう。

　至って平穏に流れる時間の中、三人の様子をさり気なく窺いながら、アンジェリカはとりとめもなくそんなことを考えていた。

　近くを通った給仕に合図を送ったテオバルトが、グラスを受け取る。給仕は普通の格好なのね、と思いつつ彼が受け取ったそのグラスを手にしたところで、聞き慣れた声が笑った。

　はっと顔を上げると、その給仕は赤毛を小刻みに揺らしてアンジェリカを見つめている。

「おっ……」

お兄さま、と呼びそうになって、アンジェリカは慌てて口をつぐんだ。白いシャツに黒のベストとパンツを身につけた赤毛の青年が、にんまりと笑って立っている。

「よくお似合いじゃないですか、転職なさったら？」

「悪くないね」

アンジェリカのちくりとした嫌味は、どうやら兄には届かなかったようだ。まんざらでもなさそうに笑ったデイヴィットだったが、その目つきは案外鋭い。姿は似合っているが、この目つきでは台無しだな、とアンジェリカは思った。

その兄が傍にいればなお心強いのだけれど、給仕の格好は違和感なく広間の中を巡回するのに一番適した格好だ。笑みをひっこめて一礼し、巡回するべくその場を離れるデイヴィットに目礼だけを返して、アンジェリカとテオバルトは再び三人の様子を窺う。

仮装の小道具なのだろう、短杖をそれぞれにかざした三人は、笑い合いながらその出来栄えについて話し合っている様子だった。それぞれにイメージカラーらしきキラキラした貴石がはめ込まれた杖は、遠目に見ても素晴らしい出来である。この仮装舞踏会のためだけに作成したのだろうと思うと、ため息が出そうだ。一体いくらかかっているのだろう。王太子妃となった今でも、中堅貴族の金銭感覚が染みついているアンジェリカだった。

彼女たちの周囲を見渡せば、動物のマスクをかぶった青年や、男装している令嬢の姿も見られる。どちらもなかなか凝った作りだ。

（さぞかしお高いんでしょうね……）

ほお、っと感心していたアンジェリカの視界の端に、三人組のうち一人が手にした短杖を振り上げるのが映った。きらり、とシャンデリアの光を受けて、はめ込まれた貴石が光を放つ。

「あっ……！」

赤青黄、三色揃えたうちの一人、青いドレスの少女である。その少女が、くるん、とその短杖を回しながら腕を下げようとしたところで、背後から歩いてきた給仕にぶつかりそうになってしまった。

慌てた給仕の青年が、バランスを崩す。すんでのところで衝突は避けられたが、ぐらぐらと揺れた盆の上のグラスは、倒れることを避けられなかった。

「きゃっ」

「あ、も、申し訳ございませんっ」

倒れたグラスから零れた液体が、隣にいた黄色いドレスを身につけていた少女にかかる。それに気付いて青ざめた給仕のもとへ、近くにいた動物マスク——よくできた狼だ——の青年が近づいた。何事かを給仕に囁くと、頷いた給仕が青年と黄色いドレスの少女をどこかへ案内しようとする。急に現れた狼頭の青年に肩を抱かれた少女は、戸惑いはあれどドレスが染みになってしまうことを恐れたのだろう。何度も振り返りながらも、彼らと共に会場を後にしようとする。

あまりにも鮮やかな手口に、一瞬そのまま見送りそうになってしまう。はっと気付いたアンジェリカが駆け寄るよりも、テオバルトの行動の方が速かった。さっと大股で歩み寄ると、さりげなく会話に聞き耳を立てている。

振り返った彼が、ひとつ頷くと彼らの後を追って歩き出す。アンジェリカも頷きを返すと、取り残された赤と青のドレスの二人に声をかけた。

「ご安心なさって、お友達には私がついておりますから。染み抜きの間だけ、お待ちになっていてくださいな」

突然現れたアンジェリカの言葉に、取り残された二人は戸惑う。しかし、アンジェリカはそれに構わず微笑みかけると、いつの間にか傍に近づいてきたデイヴィットを視線で指し示した。

「彼は、私の国の騎士です。あなたたちお二人のことは、彼が守ります。彼女が戻るまで、彼以外から何も受け取らないで」

　ターゲットが一人とは限らない。

　囁(ささや)くように口にすると、二人の視線がデイヴィットへと向けられる。心得たように頷いたデイヴィットは、盆を掲げて彼女たちに向かい一礼すると少しだけ微笑んだ。二人は顔を見合わせたが、アンジェリカの言葉から、彼女が他国の賓客(ひんきゃく)だということに気付いたのだろう。

　こくり、と頷くとぎゅっと手を取り合い「ロミルダをお願いします」とか細い声で答えた。

（冷静に……冷静になるのよ、アンジェリカ……）

今にも走り出したい気持ちを堪(こら)え、黄色いドレスの少女——ロミルダが連れていかれた方向へ可能な限り早足で向かう。既にテオバルトが先行しているが、相手はどんな手を使うか分からない。命を狙われているという観点から言うならば、彼の方が危ないはずだ。

　もちろん、その身の安全のためもあって仮装を入れ替えたのだが、面が外れたら正体など容易(たやす)く知れる。彼らがただ誘拐を請け負っただけのならず者ならばよいが、万が一暗殺者だったら——

テオバルトが暗殺者ごときに後れを取るような人物でないことくらいは、アンジェリカとて理解している。顔全体を覆う面が外れにくいことも。だが、なぜか胸騒ぎが止まらない。

大広間を抜けたアンジェリカの足は、ついに冷たい石の廊下を蹴って走り出した。足を踏み出すたびにかつんかつんと甲高い音が鳴るが、構ってなどいられない。

白い石造りの廊下には、ぼんやりとした光を放つ灯りがいくつも取り付けられている。夕闇の中、それだけでは走って移動するのには少々心許ない。しかし、その光は幻想的な美しさに満ちていた。普段なら、喜んで見物したはずだ。いや、明日以降なら——ついうっかり余計なことを考えそうになって首を振る。いけない、現実逃避しかけている。

ひらり、と視界の先に角を曲がる誰かの後ろ姿が見えた。あれだ、と根拠もなく直感する。服の色もシルエットも分からなかったけれど、こんなところを今歩いているのは、目的の人物に違いない。

かつ、とひときわ大きく足音が鳴る。あ、と思った時には遅かった。高いヒールで無理に走ったツケがきている。ぐら、とかしいだアンジェリカの身体を、横から掴む腕があった。

「……っ」

「おっと……騒がないで」

くぐもった低い声が、アンジェリカに囁きかける。ぞわり、と背中が総毛立つような心地がして、一瞬息が詰まった。

まずい。

今にも叫びだしたいのをぐっと堪え、そうっと腕を掴んだ人物を見上げる。すると、薄暗い廊下に立っていたのは、獅子の被り物をした男だった。声が聞き取りにくいのはその被り物のせいだろう。なかなか精巧な作りで、薄闇の中にあってさえ金のたてがみが美しく輝いて見える。

その獅子の被り物の下から、再びくぐもった声がアンジェリカを促した。

「悪いが、ついてきてもらいます」

アンジェリカの返事を待つことなく、彼はアンジェリカの手を引いて歩き出した。抵抗したいが、捻った足首が痛い。歩くのが精いっぱいだ。ぐっと奥歯を噛み締めて痛みを堪え、アンジェリカも彼について歩き出した。

歩調がかなりゆっくりなところを見ると、アンジェリカが足首を痛めていることには気付いているのだろう。しかし、気の使いどころが間違っているでしょう、とアンジェリカは内心で毒づいた。

足を痛めた女性を引っ張って歩かせるなど、紳士のやることではない。——まあ、そもそも紳士は物陰に潜んで女性を捕らえたりしないものだが。

はあ、とため息をつきかけて、アンジェリカは何とかそれを呑み込んだ。

「どこへ行くつもりなの？」

精いっぱい虚勢を張って、できるだけ落ち着いた声を出そうとする。しかし、語尾が震えるのだけは止められない。相手は、被り物の下で少し笑ったようだった。

「着けば分かりますよ」

被り物のせいで分かりづらいが、男の方はかなり落ち着いているらしい。迷いなく進む歩調は、城内に詳しいことを物語っている。

誰ともすれ違わないことも不思議だった。いくら仮装舞踏会が開かれているとはいえ、城内には少ないながらも使用人が残っているはずだし、警備の人間もいるはずだ。

城の人員配置まで調べ上げているということなのか。アンジェリカは背筋がぞっとした。

——この男、一体何者なの？

アンジェリカの疑問をよそに、男はゆったりと歩を進めている。それが、アンジェリ力を気遣ってのことなのか、自分の計画に自信があってのことなのか、もはや判断ができなかった。

（……ここは）

アンジェリカには、このエーデルシュタイン城の造りなどほとんど分からない。男に手を引かれて踏み入れたその場所がどこなのかも、判然としなかった。

しかし、先程の広間の外とは違い、ここには随分と明るい灯りが灯されている。

その光を頼りに、改めて男の後ろ姿を観察してみることにした。獅子の被り物に隠されているせいで、髪の色は分からない。肩幅はそれなりに広く、服の上からでもきちんと鍛えられていることが分かる。身につけているのは黒い夜会服だと思っていたが、煌々と照らされる灯りの下まで来て初めて濃紺だということに気が付いた。艶のある生地は、決して安物ではない。

身幅も長さもぴったりと身体に合っている。とすれば、これは既製品ではなく仕立屋に作らせたものということだ。たっぷりと金をかけたと思しき獅子の被り物といい、ただのごろつきでないことだけははっきりしている。いいや、もう素直に認めてしまおう。

——彼はおそらく、この国の貴族階級に属する人間だ。

城内を知り尽くしていると言っても過言ではないこの行動も、そうであれば頷ける。

事前にアレキサンダーが疑わしいと言っていたいくつかの家名を思い浮かべたものの、さすがに当主その人ではないだろう。仮装舞踏会の前に設けられた顔合わせのための宴で会った何人かの顔を思い浮かべて、アンジェリカはそっと首を振った。紹介してもらった貴族家の当主たちは、父よりも年上であろう人物ばかりだ。

では、その息子か。該当する人物を思い出してみようとして、アンジェリカは諦めた。考えてみたところで、分かるわけがない。たとえ獅子の被り物をしていなくても、さすがに顔も分からぬ相手を特定できるはずもなかった。

「こちらへ」

いくつかの扉が並ぶ広い廊下を進んでいた男は、不意に立ち止まると、がちゃりと躊躇(ためら)いもなくノブを回して扉を開け放ち、部屋の中へ入るよう指示した。アンジェリカは一歩退こうとするが、握られた腕がそれを許さない。

(いつだったかもこんなことがあった気がするわね……)

現実逃避をするかのように、過去のことを思い出す。あの時、この腕を取っていたのはエグバートだった。

「……安心してください。あなたに危害を加えるつもりは僕にはない。ここには、殿下を――テオバルト殿下を呼び出している」

「テオバルトさまを……？」

「……さ、早く」

ぐっと腕を引かれると、足を痛めているアンジェリカには抵抗する術はない。仕方なく、痛む足を庇って、アンジェリカは部屋の中へ歩を進めた。

ゆっくりとした彼女の足取りを、彼は咎めることはしない。そういうところだけは紳士的だな、とアンジェリカは苦々しい笑みを浮かべた。そんな様子に頓着することなく、男は室内にある長椅子に彼女を座らせた。

驚くべきことに、この期に及んで彼は紳士として振る舞うつもりらしい。部屋の扉は、握りこぶしひとつ分くらいの隙間が空いている。思わず獅子の被り物を凝視すると、彼はその中でわずかに笑ったようだった。

「殺されるのは御免こうむりたいので。あなたの夫はそれくらいのことをしかねない」

「……あなた、一体何者なの？」

疑問が、思わず口をついて出た。そうじゃない、本当はもっときちんと話をして——そう、自分にできることといったら、話を聞き出す程度のことなのだから、せめてそれくらいしなければ、と思っていたはずだったのに。こんな、答えてもらえるはずもない疑問をつい口にしてしまった。

男はわずかに首を傾げた。大げさに肩をすくめてみせたのは、表情で感情を伝えることができないからなのか、元々そういう性格なのか——アンジェリカには判断する材料がない。

「分からないなら、それで結構」

「つまり、あなたは私が知っている人間ということ？」

その問いは黙殺された。どうやら、アンジェリカに正解を教えるつもりはないらしい。

アンジェリカはため息をついたが、探りを入れることを諦めたわけではなかった。

「——少なくとも、あなたは私を知っているのよね」

再び無言が返ってくる。だが、既にアンジェリカの夫について言及しているのだ。これは質問の形をとった確認であった。アンジェリカは、彼の対応に構わず言葉を続ける。

「私を人質にしたところで、あのテオバルトさまが素直に言うことを聞くと思うの？　そもそも、お一人で来るかどうか……」

「友好国であるロイシュタ王国の王太子妃殿下のお言葉とは思えませんね。おそらく殿下は、お一人でいらっしゃいます。殿下は……ご友人を大切になさる方だ。それこそ、ご自分以上に」

アンジェリカの言葉を遮るように、男はきっぱりと断言した。

相変わらず、被り物の下から発せられる声はくぐもっていて、声質もよく分からない。あれだけ高価そうな被り物だというのに、随分杜撰な作りだ。そう思ってから、アンジェリカははっとした。手抜きではない。これは、わざとそういう風に――声が誰のものか、判別しづらいように作ってあるのだ。

その証拠に、被り物越しの彼との会話で、聞き取れない言葉はなかった。

「あなた――」

アンジェリカの言葉は、途中で途切れた。部屋の扉が、叩き壊さんばかりの勢いで開いたからだ。乱暴に扱われたことに抗議するかのように蝶番がきしみを立てている。

「テ……」

オバルトさま、と続けそうになって、アンジェリカは慌てて咳払いと共にその言葉を呑み込んだ。

思わず男を仰ぎ見るが、落ち着き払った態度に変化はない。

大きく開け放った扉の前に立っているのは『ロイシュタ王子』の仮装をした人物だ。それが、エグバートでなくテオバルトだということは、計画を立てた五人だけが知っていることだった。うかつに男の前で名前を呼んでしまっては、相手の計画を有利にするだけである。

扉を開け放った『ロイシュタ王子』ことテオバルトは、身体中から怒りのオーラを放っているかのように思えた。無言で室内を睥睨し、アンジェリカが長椅子に座っていることと、男がその傍らに立ったままであることを確認すると、大きく息を吐く。

そのまま、ずかずかと室内に足を踏み入れると、きしんで揺れていた扉がぱたりと閉まった。

「ようこそおいでくださいました、テオバルト殿下」

男の口から出た言葉に、アンジェリカは息を呑んだ。どうしてそれを知っているのか、と口から飛び出そうな疑問を何とか呑み込んで、『ロイシュタ王子』を凝視する。

「おっと、下手に近づかないでくださいね……僕ではあなたに敵わない。でも、彼女一人くらいはどうとでもできるんですよ」

ぎり、と歯ぎしりの音が聞こえた。面の下から聞こえるぐらいだ、相当歯を食いしばっているのだろう。

しゅっと金属の擦れる音がした次の瞬間、首筋に冷たい感触が押し当てられる。その正体に思い至って、アンジェリカは息を呑んだ。

「ご友人が悲嘆にくれるさまは見たくないでしょう……？　僕の言うことを聞いていただきますよ」

自国の皇太子を脅しているとは思えないほど、落ち着いた口調で男は言った。そのことが、かえって彼の本気を物語っている。

テオバルトが、ぎゅっとこぶしを握り込むのがアンジェリカの視界に映った。こくり、と首が縦に振られる。

「──これを、飲んでいただく」

男が取り出したのは、薄紫色のガラス瓶に入った液体だった。

「申し上げておきますが、死に至るような毒の類ではありません。ま、ご存知でしょうが……そもそも、あなたは毒には耐性がありますしね」

「だ、だめです……！」

蒼白になり、思わず立ち上がろうとしたアンジェリカは男にぐっと肩を押さえつけられ、再び椅子の座面に戻された。しかし、そんなことくらいで退くわけにはいかない。妙なものをシルト帝国の次期皇帝に飲ませるわけにはいかないのだ。

たとえ、自分の身を危険に晒してでも止めなければ。

しかし、再びアンジェリカが行動を起こすよりも、テオバルトが動く方が速かった。彼女に向かって制止するように手を掲げると、目の前のローテーブルに置かれたそれを掴み、迷うことなく口へと運ぶ。

「テオバルトさま……っ！　そんな、どうして……！」

アンジェリカの口から、悲鳴のような声があがる。もはや、名を出さぬ配慮さえ忘れた彼女の声に頓着することなく、彼は面を少しずらして口元を露わにすると、最後の一滴まで飲み干した。

「――さすが、一国の主になろうかという方は潔い」

嘲りではない、心から感嘆する声が獅子の被り物の下から漏れた。清々しいまでの潔さを見せた彼への紛れもない称賛だ。しかし、それを聞いているのかいないのか、その声と同時に、テオバルトの足元に薄紫の瓶が落ちる。

「く……ッ」

口元を押さえた手の隙間から、振り絞るように苦しげな声が零れた。胸元をぎゅっと掴む指先が白く、相当力が込められているのが見て取れる。がくり、と膝から力が抜けてうずくまる姿に、アンジェリカは息を呑んだ。

彼が膝をつき荒い息を吐くのを、男はじっと黙ったまま、何かを待つように眺めている。首に刃物を突き付けられたアンジェリカもまた、その様子を黙って見ているしかなかった。

「……んな、……の、な……」

荒い息の下、テオバルトが何か言っているようだったが、口から漏れるのはほとんどが息ばかりで言葉になっていない。

「……本当に、毒物ではないのよね……？」

苦しそうではあるものの、意識はあるようだ。しかし、遅効性ということも考えられる。目的は分からないが、油断するべきではない。油断するべきではないのだが――アンジェリカはこの状況が心細くなって、縋るような声を出してしまう。

その声音に気が付いて、男はかすかに笑ったらしい。

「――ええ、僕は嘘はつきませんよ。毒ではありません。……まあ、あなたにとっては毒の方がましだったかもしれませんけど」

男は、おもむろにアンジェリカの腕を掴むと、テオバルトのいる方へと引っ張ってゆく。冷たいナイフの感触に、思わずひっと悲鳴が出そうになるのを何とか堪え、アンジェリカは痛みにふらつく足でそれに従った。

「――そろそろ、我慢も辛くなってきたでしょう」

「……っ、きさ……！」

苦しげに胸元を押さえていたテオバルトが、近づく人影に気が付いて顔を上げる。はあ、と息を吐く口元が、こんな時だというのに妙に艶めかしく映って、アンジェリカの頭を混乱させた。

不意に、とん、と背中を押されて、アンジェリカはふらりと彼の傍へ座り込んだ。間近になったテオバルトの身体が、一瞬ぴくんと跳ねる。

「……っ、あ、アンジェ……」

「テオバルトさま……」

顔を覗き込もうとしたところで、弾かれたようにテオバルトが後退る。え、と一瞬呆けたアンジェリカの後ろで、男がくつりと笑い声を漏らした。

「強情ですね……ええ、大丈夫ですよ。僕は部屋の外にいますから……さすがに見ているような趣味はないし、かえって僕がいない方が事が進みそうだ」

宣言通り、男は扉に手をかけて出ていこうとする。なぜだか分からないが、急に不安に襲われて思わずその姿を目で追ってから、アンジェリカははっとして男を呼び止めようとした。

このまま行かせてしまっては、全てが台無しだ。

「……っう……!」

立ち上がりかけて、痛めた方の足に重心をかけてしまったらしい。顔をしかめた彼女を、獅子の被り物が振り返った。

「大人しくなさっていてください。——抵抗しない方が身のため、だと思いますよ。そうひどいことはされないでしょう」

まるで、テオバルトがアンジェリカに何かする、かのような言い方だ。不審に思う間もなく、今度こそ男は扉を開けると堂々と部屋を後にした。かちん、と鍵の締まる音が聞こえてアンジェリカの不安を煽る。

「う、……げ、アン、……っ」

「だっ、大丈夫……ではないですよね。テオバルトさま……」

しばしの間呆然と扉を眺めていたアンジェリカだったが、テオバルトが切れ切れに発した言葉にはっと我に返ると慌てて再び彼の様子を窺った。荒い息の下、何かを堪えるかのように唇を噛み締めたテオバルトの口元にそっと指先で触れる。すると、彼はまるで火箸でも押し当てられたかのようにばっとその指から逃れ、ぶるぶると首を振った。

「ああ、いけません、噛んでは……そのように噛み締めては、傷になってしまいます。あ、水を……あるかしら」

そんな彼の行動に首を傾げながらも、きょろきょろと室内を見回したアンジェリカの視線の先に、背の低い棚に置かれた水差しが映る。ほっと息をついて、それを取りに行こうと立ち上がりかけたところで、腕を引かれた。

「な……っ」

「ごめ、ん……」

ようやく耳に届くかどうか、といった声がテオバルトの唇から零(こぼ)れたかと思うと、捕まえられた腕をさらに引き寄せられ、抱き込まれる。一瞬抵抗しかけたアンジェリカだったが、その身体の熱さに慄(おのの)いた。

「なっ、ね、熱が？　大丈夫ですか……っ？　い、いや、全然大丈夫じゃない……待って、テオ……」

「も、むり……ごめ……」

え、と思う間もなく、唇に熱くて柔らかいものが押し付けられた。それが、彼の唇だと気が付くまでに数秒の時間がかかったのは、やはり混乱していたからだろう。

性急に、そして乱暴なまでに荒々しく、唇を重ねられる。抵抗しようと力を込めた腕を難なく封じられ、逆に頭を抱え込まれて、アンジェリカの目尻に涙が浮かんだ。

――こんなことを、どうして。

疑問がぐるぐると頭の中を巡り、考えがまとまらない。よもやそんなことが起きるなどと想定もしていなかったアンジェリカは、ただただうろたえるばかりだ。

息苦しさに喘(あえ)いだその隙間から、ぬるりと舌が侵入してきた。それもまた、唇以上に熱く、まるでアンジェリカを知り尽くしているかのように口腔内の弱いところを的確に嬲ってくる。鼻にかかったような吐息が漏れることを堪えられず、アンジェリカはなすがままにそれを受け入れてしまった。

涙がぽろぽろと零れて止まらない。そんなアンジェリカに、テオバルトが苦しげに呻きながら「ごめん」と繰り返す。

「だめだ、離れ……て……」

「そんな、こと……言っ、んっ」

口づけの合間に告げられる言葉に、アンジェリカは反論しようとした。離れろ、と言うけれど、離してくれないのはテオバルトの方ではないか。しかし、それを口にしようとすると、再び唇を塞がれてしまう。

いつの間にか、床に押し倒されたアンジェリカに、テオバルトの身体が圧し掛かる。服の上からも分かるほど、熱く滾ったものを押し付けられて、アンジェリカの顔が真っ青になった。と同時に、不意に先程の薄紫の小瓶のことに思い至る。

（あ、あれは、まさか……）

媚薬、というものの存在を、アンジェリカも耳にしたことくらいはある。しかし、もちろんのことながら実物を見たことはない。

だが、今の彼の状態から見て、媚薬を盛られたと推察すると合点がいく。

――だからと言って、このまま身を任せるわけにはいかない。

必死で腕の拘束を振り払い、闇雲に振り回す。それが、したたかに彼の顔に当たり、留め具の緩んだ白い仮面が落ちた。

「――え⁉」

そうして、目の前に現れた顔に、アンジェリカは素っ頓狂な声をあげた。

「え、えっ……エグバートさま……っ⁉」

アンジェリカの叫び声が室内に響く。白い仮面が落ちて露わになったのは、見慣れた夫、エグバートの顔だった。――珍しく、余裕のない表情だったが。

見慣れているはずなのに、口元が見えた時点で気付かなかったなんて、という思考が一瞬頭の中をよぎったが、それはまあ仕方がないだろう。あの状況で冷静にそんなことを判断しろと言うのがどだい無理な話なのである。

「ちょっと、ちょっと待ってくださ……や、エグバートさま、ちょ、ちょっとお！」

ん、とひとつ頷いたエグバートが、性懲りもなく唇を近づけるのを何とかかわして、アンジェリカは腕の中から抜け出そうともがく。それを難なく封じ込めて、彼はアンジェリカの腰を抱き寄せた。

アンジェリカの脳内は今、大混乱状態だ。

二人は入れ替わっていたはずだ。少なくとも、アンジェリカはそう聞かされていた。

だが、仮装した二人の入れ替わりをきちんと確認したわけではない。ないのだけれど――

わけが分からなくなって、アンジェリカは頭を振る。そんな彼女の困惑をよそに、エグバートは正体が知れたことで遠慮する気もなくしたのだろう。耳元に唇を寄せると、ふうっと耳孔へと息を吹きかけた。

「ん、だめ……いや、大丈夫……ね、お願い……」

「大丈夫じゃないです！」

はっと我に返って、アンジェリカは大声をあげた。この大変な時に、こんなことをしていていいのか。だめに決まっている。

そんなアンジェリカの気持ちなどお構いなしに、エグバートは荒い息を吐きながら、とうとう彼女のドレスの中へ手を侵入させた。ひゃ、と短く悲鳴を上げたアンジェリカは、心の中で「ごめんなさい」と呟きながらその手をはたき落とす。

「……のに」

「え？」

さわさわと未練がましくドレスの上から身体をなぞりながら、エグバートが熱い息と共に何かを呟いた。彼の形の良い眉は苦しげに歪められ、目尻を赤く染めた姿は壮絶な色気を醸し出している。そんな場合ではない、と思いつつも、アンジェリカの身体の奥はきゅんと疼いた。

「テオだと、思ってた時は……逃げなかった、のに」

翠玉の瞳をぎらぎらと輝かせて、エグバートは何かを堪えるように言葉を絞り出した。

「だ、だって……」

アンジェリカは思わず目を伏せた。逃げなかったというと語弊がある。多少は抵抗したはずだ。どちらかといえば強引だったのは彼の方だったはずである。まあ、それを置いておいても、よく考えてみてほしい。

何を飲まされたかも判然としない、しかも他国の皇太子を手荒に扱えるだろうか？ 少なくとも、アンジェリカの答えはノーである。だが、そんなアンジェリカの逡巡を、エグバートはよくない方に解釈したらしい。

「……テオの方が、よくなっちゃった？」

むっとした表情を浮かべると、再びアンジェリカの身体をまさぐり始める。

「ば、ばかなこと言わないで……！」

つつ、とわき腹を撫で上げながら耳元で囁かれて、アンジェリカは大声をあげた。怒りの表情を浮かべた彼女を見て、エグバートが眉尻を下げる。

「うん……」

情けない声と共に、はあ、と落とされた吐息が、アンジェリカの鼻先をくすぐった。おでこをぐりぐりと擦り付けられて、柔らかな前髪が頬に触れる。何となくその頭を撫でてやると、エグバートは一瞬息を詰め、大きく息を吐き出した。

「アンジェ……だめ、ほんとに我慢できなくなる」

掠れ声でそう告げると、エグバートは身体を起こそうとした。よく見ると、額には汗が浮かび、目尻の赤みはますます濃くなっている。潤んだ瞳を向けられて、アンジェリカは息を呑んだ。

「え、エグバートさま」

見るからに辛そうな姿に、心が痛む。時間の経過と共に、おそらく媚薬が身体を巡り、効力を強めているのだろう。

「これほど、とは……ね」

袖口でぐいと汗を拭ったエグバートが、首元をくつろげようとして手を止める。その意図を悟って、アンジェリカはぐっとこぶしを握り締めた。

最初こそ、急にせりあがった欲望に耐えられなかったのだろう。だが、その後触れた手は、アンジェリカが少し抵抗すれば勢いを緩めた。彼が本気だったならば、今頃既にコトが始まっていてもおかしくない。多分――多分だけれど、本気でアンジェリカを襲うつもりはなかったのだと思う。

だから、薬の効力が強まった今、自分から距離を取ったのだ。

それを証明するかのように、エグバートは、よろよろと傍にあった長椅子に近寄ると、倒れ込むようにして身を預けた。はあはあと吐く息は、最初よりもずっとせわしなく、苦しげだ。目元は腕で隠されているが、頬も耳も――首元さえも、ほんのりと赤く色づいていて、時折漏れる声には艶が滲んでいる。

辛そうなその様子に、アンジェリカはある決意を固めた。

(――今度は私の番よ)

アンジェリカを助けるために、エグバートはあの得体のしれない薬――媚薬を飲んでくれたのだ。ならば、今度はアンジェリカが彼を助けてあげる番だ。

ごくり、と口内に溜まった唾液を呑み込む音が、耳の奥で大きく聞こえる。握ったこぶしが震えるのが、自分でもよく分かった。

ちらり、とエグバートの身体に視線を走らせる。分厚い生地のおかげかさほど目立ってはいないが、先程押し付けられた滾りが、少しだけズボンの生地を押し上げているのが分かってしまう。

（あれを、その……鎮めて差し上げれば、楽になる……のよね？）

媚薬というのは、往々にしてそういうものだと聞いたことがある。聞きかじりの知識だが、試してみる価値はあるだろう。

もう一度、きゅっとこぶしを握り直し、気合を入れる。

その気合の薄れぬうちにと、そっと長椅子の近くに寄ると、衣服の擦れる音でそれに気が付いたのだろう。エグバートがぴくりと身じろぎをした。

「だ、だめだって……」

若干焦った声が、荒い息の間からアンジェリカを止めようとする。しかし、アンジェリカは緩く首を振ると、震える指でエグバートのベルトに手をかけた。

「今度は、私がエグバートさまをお助けする番です」

「な、アンジェ、ちょっ……」

もたつきながらも、どうにかベルトを外し、前立てを開く。すると、下穿きを押し上げてふるんと熱い肉茎が飛び出してきた。普段まじまじと見る機会がないだけに、その大きさと勢いに思わず息を呑んでしまう。

エグバートは、もはや抵抗するだけの気力がないのだろう。だめ、と言いながらも逃げ出すこともせず、アンジェリカにされるがままだ。

「い、痛かったら、言ってくださいね……」

手を伸ばして、アンジェリカはそれにそっと触れた。途端に、すっかり勃ちあがった彼の猛りが、びくりと震える。それは、とても熱くて、不思議とすべすべとした手触りをしていた。思わず見つめると、先端の丸くなった部分にある小さなくぼみから、つうっと透明な液が溢れ出し、アンジェリカの手を濡らしてゆく。

「あ、あ、アンジェリカ、いけない……」

びくりびくりと、アンジェリカの手の中で肉杭が震える。その熱さと硬さに驚きながらも、アンジェリカは必死で頭を働かせた。

「これを、その……刺激すれば、鎮まるんですよね……？」

「……っ、そ、それは……う、あ……っ」

形をなぞるように、アンジェリカの細く白い指が、ピンと張りつめた赤黒いそれをそうっと撫でる。エグバートの腰が、どこかもどかしげに震え、足りないとでも言いたげに熱い塊をアンジェリカの掌に押し付けた。

しかし、その行動とは裏腹に、彼は顔を覆ったまま首を振り、唇を噛み締めている。時折、その唇の隙間から殺しきれない呻き声が漏れていた。

「……その、どうしたらよいのか、教えてください」

「な……っ、アンジェ、だめだ、って……！」

しばらくそうして撫でていると、くぷりくぷりと、先端から新たな滴が零れ出す。顔を真っ赤にしたエグバートが、いつの間にか顔を覆っていた手をどかし、熱いまなざしをアンジェリカに注いでいた。

その瞳をまっすぐに見返して、アンジェリカが頷く。

はあっ、と熱い吐息を吐き出して、エグバートは一旦目を閉じると、観念したように口を開いた。

「その……握って、くれる？」

「にぎっ……？　こ、こうですか？」

アンジェリカは、エグバートの指示に従って、躊躇いながらもやんわりと竿の部分を握った。ぴくん、と反応するそれに慄きながら、次の指示を待つ。

「う、あ……その、もうちょっと、つよく……」

「え、あ、はっ……はい！」

そんなに強く握って大丈夫なのだろうか。不安に揺れる青い瞳をエグバートに向けると、彼はぎこちない仕草で頷いた。それに後押しされるように、アンジェリカは少しだけ指先に力を込める。

んん、と呻いたエグバートの腰が揺れて、握った部分からくちゅっと水音がたつ。そうすると、手の中のそれが少しばかり大きさを増したような気がして、アンジェリカは息を呑んだ。と同時に、何となくどうすればいいのかを理解する。

思い切って、ぬめる竿を上下に扱くと、エグバートの口からまた呻くような声があがった。

「あ、アンジェ……」

「大丈夫、今楽にして差し上げますから……」

ゆっくりとした手つきでそれを続けると、先端からはねっとりとした液体が溢れて、エグバートのものとアンジェリカの指先に絡みつく。そのぬめりに助けられて、ぎこちなかったアンジェリカの動きはだんだんと滑らかになっていった。くちゅ、とささやかだった音は、今はぐちゅぐちゅと淫猥な響きを奏でている。

(うまく、できているのかしら)

エグバートは、うわごとのようにアンジェリカの名を呼び、切なそうに吐息をついている。気持ちよくなってはいるはずだ——と思う。しかし、鎮めるためにはその、子種を吐き出させねばならないのだ。

ここを刺激していれば、いずれ出る——はずなのだが、どうもその兆候は見られない気がする。そっと上目遣いにエグバートの表情を窺うと、彼は翠玉の瞳をぎらつかせ、アンジェリカの手元をじっと見つめていた。擦った指先が、にちゃ、と音を立てると、エグバートが熱い息を吐き出すのが見える。その視線に込められた熱に、その吐息に、アンジェリカの心臓が早鐘を打つ。

もっと、気持ちよくなってもらいたい。早く、苦しみから救って差し上げたい。

どうしたら、と思案したアンジェリカは、過去のエグバートとのあれこれを思い浮かべて、あ、と小さく声をあげた。

（——そうだ、確かエグバートさまは……）

緊張して乾いた唇を、舌先で湿らせる。えい、と思い切ると、アンジェリカはその震える舌先をエグバートの屹立へと近づけた。

「まっ……アン、あっ……！」

アンジェリカの行動に慌てたエグバートが制止しようと声をあげるよりも、アンジェリカの舌が到達する方が早かった。敏感な筋をぺろりと舐められて、エグバートは声を震わせる。大きく膨らんでいた剛直が、さらにその質量を増して、アンジェリカの行為に悦びを覚えたことを如実に物語っていた。

「ん、エグバートさま、きもちいいですか……？」

「あ、も、アンジェリカ、ああ……」

確か、こんな風にしてくださっていたはず、と恥ずかしくて地に埋まりたいくらいの記憶を呼び覚まし、アンジェリカは一心にエグバートの熱い猛りに奉仕を続ける。びくびくと震えるそれは、もはやはち切れんばかりに膨れ上がっている。

先端から零れ落ちる滴は、だらだらと垂れ流され、しょっぱいような、苦いような味がする。それに少しだけ顔をしかめたアンジェリカは、ふと思いついてその滴が湧き出るくぼみを舌先でつついてみた。

「あ、ああっ……アンジェ、お願い、もうこれ以上焦らさな……ね、頼む……」

「え、あ、むぐ……っ⁉」

とうとう耐えきれなくなったエグバートが、アンジェリカの肩をがっしりと掴むと、しっかりと勃った肉茎を彼女の口腔内へと押し込む。息苦しさに目を白黒させたアンジェリカに、エグバートは切羽詰まった調子で「ごめん」と何度も繰り返した。

「歯は……立てないでね……ごめん、もう、我慢できな……っ」

そのまま、口の中に擦り付けるようにして、エグバートは自ら腰を動かし始めた。アンジェリカの唾液が楔に絡まり、じゅぽじゅぽと卑猥な音があたりに響く。口腔内でそれに舌が擦れると、気持ちがいいのかエグバートは目を細めた。情欲に濡れた瞳が、浮ついた光をたたえてアンジェリカを見下ろしている。

（くる、し……でも、エグバートさま、気持ちいいのよね……？）

口いっぱいに屹立を埋め込まれ、出し入れされる。もはや抑制はなされず、それはいつものエグバートの行為とはかけ離れた乱暴なものだ。だが、大きくて太いそれが、アンジェリカの上顎や舌に擦れると、じわじわと背筋が痺れて、ぼうっとなってくる。

潤んだ瞳で彼を見上げ、零れそうな唾液を、じゅっと吸い込むと、エグバートの身体がぶるりと震えた。

「う、あ、アンジェリカ、ああ……ッ」

「んぐ……っ」

不意打ちだったのだろう。極限まで膨らんでいる、と思っていたエグバートの肉茎が、アンジェリカの口の中でさらに膨れ上がった。あ、あ、と悲鳴のような声をあげながらそれを引き抜こうとしたエグバートだったが、それは間に合わなかった。口腔内で熱がはじけ、びゅる、とそのまま口の中に欲望が吐き出される。

「わあ……！　あ、アンジェリカ、ごめん、ほら、吐き出して……！」

「む、うえ……」

吐き出せ、と言われたが、勢いで思わずごくんと呑み込んでしまう。そんなアンジェリカを見て、エグバートは赤かった顔をさらに赤らめた。

「あ、アンジェリカ……！　ほ、ほら、これ……」

きょろきょろとあたりを見回したエグバートは、棚の水差しに気が付くと、大慌てでグラスに注いで差し出した。それを受け取って、アンジェリカは一気にグラスを傾け、中身を飲み干す。

「う、うう……」

「ごめんね、アンジェリカ……あんまりにも、その……気持ちよすぎて」

へたり込んだアンジェリカの前に跪いて、エグバートがしゅんとした表情を浮かべている。それを見て、アンジェリカは身体の力が抜け、くすりと笑った。

――一方、その頃。

「――確かに、俺がここでアンジェリカに無体を働くようなことがあれば、既に決まった皇帝の座から引きずり降ろされただろうなぁ」

「友好国の王太子妃殿下、しかも自分の親友の妻か……そりゃもう、これ以上ない醜聞だなあ」

かちん、と鍵をかけた扉を見つめ、浮かない顔つきでふうっとため息をついた男は、突然背後から響いた声にびくりと肩を揺らした。

「……早かったですね」

ゆっくりと振り返った男の声音に、驚きはない。

その眼前に、鼻を鳴らして歩み寄ってくるのは、シルト帝国初代皇帝に扮した青年。その背後には、黒ずくめの魔女が立っている。もちろん、男はその二人が誰なのか知っていた。

「テオバルト殿下、アレキサンダー殿下」

「なぜ、こんなことをした」

テオバルトの静かな声が、他に誰もいない廊下に響く。肩をすくめた男は、獅子の被り物に手をかけると、それを一気に引き抜いた。

下から現れた深緑色の瞳が、テオバルトをまっすぐに見つめている。その正体に、驚くこともなく、彼はその視線を正面から受け止めた。

「――エトムント、何でおまえが、こんな……」

「お分かりにならない？」

どこか諦めの交じった声色で、その男――エトムントは静かにそう問い返す。テオバルトは、その青緑色の瞳を伏せると、緩く首を振る。だが、その表情は苦痛に満ちていて、エトムントが否定することを願っているかのようだった。

「あなたが——メアリーを妻になさらないから」

エトムントはどこか投げやりにそう呟くと、薄く笑いを浮かべた。

「あなたがメアリーを僕に、などと言うから……彼女もそれを受け入れたりするから……」

「メアリー嬢とおまえは、うまくいっていただろうに……」

テオバルトの言葉に、エトムントはさらに笑みを深めた。

「ええ、少なくとも僕は——彼女を好ましく思っていますよ。なんなら、愛していると言っていい。でも、本来なら彼女が嫁ぐべきはあなたじゃないですか」

エトムントの昏い瞳が、テオバルトを射貫く。

「彼女のどこが気に入らないというんです？　生まれも容姿も、シルト帝国の皇太子妃に——皇后に、ふさわしいではないですか。それが無理なら、皇弟妃だって」

淡々とした口調で、彼は話し続けた。途中で口を開こうとしたテオバルトを、アレキサンダーが肩を叩いて止める。緩やかに首を振る弟の顔を見て、テオバルトは唇を引き結んだ。

「……シャルトルーズ王国から、この計画を打診された時、僕は来るべき時が来たと思いましたよ。メアリーは、素晴らしい女性だ……彼女は、彼女ならこのシルト帝国の皇妃として、やっていけると……」

「エトムント……」

はっとテオバルトが気付いた時には、彼の瞳からぽろぽろと涙が零れていた。ぎゅうっと握り込んだこぶしは震え、何かに耐えるようにさらに力がこもる。

「彼女を、ふさわしい地位につけるためだったら、僕は……あなたを裏切っても、よいと思ったんです……」

第六話　この先の未来もずっと

「――敵を騙すには、まず味方からって言うでしょう？」

「それで、私一人を騙したわけですか」

さすがに悪かったと思っているのか、アンジェリカの言葉に、エグバートの視線は少しだけ明後日の方角を見ている。むう、と唸ったアンジェリカは、半眼でその姿をじっとりとねめつけた。

あれからすぐに部屋の鍵が開けられ、ノックの音が聞こえた。ぎりぎり間に合ったと思うべきか、はたまたこんなにも早く彼らが来るならばアンジェリカがエグバートを鎮める必要はなかったと思うべきか。複雑な気持ちで入室を許可すると、三人の青年がぞろぞろと姿を現した。そのため、さして広くもない部屋の中は何となく窮屈だ。

エトムントが着ている衣装と、その腕に抱えたままの被り物から、先程の男が彼であったことに気付いて、アンジェリカは愕然としたものである。

「テオバルトさまも、アレックスさまも、全て承知の上だったと」

エグバートを睨んでいた視線を、アンジェリカはそのまま二人に移す。厭味ったらしい彼女の言葉に、テオバルトはきまり悪げな表情を浮かべたが、アレキサンダーはひょいと肩をすくめただけだった。

これを計画したのはアレキサンダーに違いない。

全く似ていない双子をもう一度交互に見てから、アンジェリカはわざとらしいため息を漏らした。さすが、大国シルト帝国の後継者とその弟だ。見事に騙されてしまった。

そして——

「アンジェリカさま、大変申し訳ございませんでした」

ことの顛末を説明されている間、一言も喋らなかったエトムントが、おもむろに口を開く。どこか吹っ切れたような表情を浮かべて、彼は深々と頭を下げた。

「あの……いまさらですけれど、誘拐された女性たちも、それから先程の令嬢も、ご無事なのよね……？」

「ええ、それはもちろん。女性たちはグルムバッハの別邸で、お預かりしています。先程の令嬢は——」

「そっちは、ちゃんとメイドと近衛に頼んできた。男の方は、近衛が姿を見せたら逃げようとしたから、とっ捕まえて閉じ込めてある」

エトムントの言葉にかぶせるように、アレキサンダーが令嬢——確かロミルダ嬢と言ったはず——について補足してくれた。それを聞いて、アンジェリカはようやく肩の力を抜く。

結局のところ、エトムントは本気でテオバルトを陥れるつもりはなかったのだろう、とアンジェリカは思う。誘拐された女性たちへの対応に、それが現れているように感じられた。

シャルトルーズ王国側は、テオバルトを次期皇帝の座から引きずり降ろすために事件を起こしていたのだから、当然のことながら誘拐された女性たちを返すつもりは微塵もなかったはずだ。もしくは、アレキサンダーが次の後継者となった場合に、恩を売るために彼女たちを保護したかもしれないが、それまでにどんな目にあわされるかは、火を見るよりも明らかだ。

何せ、彼らの根底にあるのは、自国の利益——いや、もっと言ってしまうならば、自分たちの利益ばかり。それに振り回される国民のことなど、歯牙にもかけていない。ましてや、他国の民のことなど、道具程度にしか思っていないだろう。

——そして、言ってしまえばメアリー嬢のことですら、彼らにとっては自分たちの利益のために、好き勝手にしてよいと思っている。

もしかすると。

アンジェリカは、エトムントの顔をちらりと盗み見た。その視線に気付いたのか、彼はへにゃりと力の抜けた薄い笑みを浮かべた。

その顔が、少しだけ泣いているように見えて、アンジェリカは開きかけた口を閉ざす。

「とりあえず、今後のことは後始末を済ませてからだ。エトムント、おまえには城の一室で謹慎を命じる」

テオバルトの言葉に、エトムントは深く頭を下げた。

――きっと、悪いようにはならないはずだ。

アンジェリカは黙って微笑むと、エトムントに向かってゆっくりと頷いてみせた。

こうして、ひとまずのところ、騒がしい夜は終わりを迎えたのである。


そして、一夜が明けて。

アンジェリカは、エグバートと共にテオバルトの執務室へ呼び出されていた。正直なところ、昨日は疲れていたこともあり、もう少し寝ていたかったのだが、事件の顛末（てんまつ）について話したいと言われれば無下にはできない。

初めて訪れたテオバルトの執務室は、皇太子の――というよりも、軍人のそれといった方がふさわしい部屋であった。部屋は広々としていて、来客用のソファーやテーブルなどは上質なものであり、数も多い。ただ奥に並んでいる書架も机も無骨で、装飾など一切ない。使い込まれて飴色に光るそれらは、かえってテオバルトに似合いだとも言えた。

部屋の一番奥の大きな机の他に、小さな机がひとつ。おそらく、これをエトムントが使っていたのだろう。やはり綺麗に整頓されているあたりに、彼の人柄が窺えた。

「昨日の夜中のうちに、あの計画を立てたシャルトルーズの貴族たちも、誘拐の実行犯も全て捕縛してある」

エトムントの証言は正確で、なおかつ証拠をきちんと揃えてあったという。そのため、全てが速やかに処理できた、とテオバルトはため息をついた。

「誘拐された女性たちについても、所在を確認した。エトムントの話通り、グルムバッハの別邸できちんと保護されて——健康状態も問題なし、本人たちは誘拐されたという自覚すらなかった」

「へえ……」

興味深そうに、エグバートが相槌を打った。アンジェリカは、どういうことかと訝しげにテオバルトの顔を見る。

「仕事の斡旋を受けた、と彼女たちは話しているそうだ。まだ詳しくは言えないが、さる貴族の女性に仕える人材を探している、と。破格の条件を出したようだな、怪しいとは思うだろうが、金には勝てん」

肩をすくめたテオバルトがそこまで話したところで、執務室の扉からノックの音が響いた。入ってくれ、とテオバルトがその音に応えると、扉から姿を現したのはアレキサンダーとエトムントである。

それを見て、アンジェリカは目を丸くした。思わず口元を押さえて、上げかけた声を呑み込む。

そんなアンジェリカと視線が合うと、エトムントはきまり悪げに一礼した。だが、それよりもアンジェリカの驚きを誘ったのは、アレキサンダーの格好である。

「まあ、アレックス殿下……そんな、男みたいな格好を……」

「いや、そもそも男だからね？　知ってるでしょ？　見たことあるでしょ？」

そうは言うが、実際こんな——いかにも貴族っぽいいで立ちの彼を見るのは初めてだ。

こうして、きっちりとシャツにタイを締め、上着を着ているところを見ると、なるほど、確かにテオバルトと双子の兄弟だとよく分かる。女装している時とは、だいぶイメージが違って見えた。

「まあ、それはそれとして、だ。今後の——エトムントの処遇についてだけど」

苦笑したアレキサンダーが、テオバルトの顔を見た。

「ああ……エトムント、おまえには戴冠式の後、三か月の謹慎を命じる。また、今後二年間、所領からの税収の半分を国庫に納めてもら――」

「ちょ、ちょっと待ってください、殿下……！」

がたん、と大きな音を立ててエトムントが立ち上がった。元々顔色はよくなかったが、今はそれをさらに蒼白にしている。

「そんな、甘い処分で誰が納得しますか！　私のしたことは、そんな……」

「だが、おまえは本気じゃなかっただろう」

テオバルトの冷静な声に、エトムントはぐっと喉を詰まらせた。淡々とした声がさらに続く。

「誘拐した女性は保護、エグバートに盛った媚薬だって、強いものは他にもあったはず――まあ、あんまり強い薬は後遺症が残るからな、そんなところを気にするあたりがだめなんだよ」

その言葉に、アンジェリカはぴくりと頬をひくつかせた。自分のために飲んでくれたのはありがたいが、その結果――もしも、万が一エトムントが強い薬を用意していたらと思うとぞっとする。しかし、アンジェリカの隣で黙って話を聞いているエグバートは、黙って肩をすくめただけだった。

そんな二人を横目に見ながら、テオバルトの声に続いたのはアレキサンダーだ。

「そもそも、あの『ロイシュタ王子』がテオじゃないって気付いてたでしょ？　小さな頃でも僕とテオを間違えたことのないおまえが、エグバートとテオを間違えるはずがない。おまえは最初からあの計画を失敗させるつもりだった……違うか？」

「……ですが」

「だいたい、おまえを処分したらメアリー嬢はどうする。俺もアレックスも引き受けないぞ」

メアリーの名を出されて、エトムントは再び黙り込んだ。しばしの間、沈黙が室内を支配する。

「……シャルトルーズ王国は黙っていないでしょう」

「黙らせるさ」

テオバルトは大きく息を吐きながらそう断言した。

「そもそも、今回の件であっちはそんなこと言える立場か？　中枢の本意でないにしろ、監督不行き届きもいいところだ。……なあ、エトムント、おまえがいないと、メアリー嬢だけじゃなくて、俺たちも困る。頼りにしてるんだよ、おまえのこと」

俯いた彼の顔を、テオバルトが覗き込む。その瞬間、ぽた、と水滴が落ちて、絨毯に染みを作った。

最後にエトムントから改めて謝罪をされ、エグバートとアンジェリカはそれを受け入れた。甘いと言われてしまえばその通りだが、結果として不穏分子を一掃し、全ての憂いを断つことに協力したからこその処遇である。

「本当は、お一人で全て背負って消えてしまうおつもりだったんでしょうね……」

「昔から、そういうやつなんだよね」

自分たちの部屋に戻った後、ぽつりと呟いたアンジェリカに、エグバートは少しだけしんみりとした口調で答えた。ロイシュタ王国で初めて彼に会った時の会話を思い出す。

「なるほど、エグバートさまやテオバルトさまの悪戯の後始末は、いつもエトムントさまがなさっていたわけですね」

「さすが、妃殿下はご慧眼でいらっしゃる」

エグバートも、同じことを思い出していたようだ。あの時のエトムントと同じ言葉で、アンジェリカの想像を肯定した。

交わした視線が、笑みを含む。

既に、時刻は昼を少し過ぎたあたり。高くなった陽の光が部屋に差し込み、窓辺に座るエグバートの顔に柔らかな影を作り出している。もう少ししたら、ブリジットが昼の準備をしにやってくるはずだ。その前にもうひとつ、片付けておかねばならないことがある。

ゆっくりと窓辺に近づくと、アンジェリカはエグバートの隣に腰を下ろした。

「ね、エグバートさま」

微笑んだ表情のまま、そっと彼の顔を覗き込む。やっぱり綺麗な顔をしているな、とアンジェリカは思った。

淡い金髪にそっと手を伸ばして、一束摘まむ。軽く手を引くと、それはさらさらと指の隙間から零（こぼ）れ落ちて、陽の光に煌（きら）めいた。そんな彼女の行動を目で追い、エグバートの美しい翠玉（すいぎょく）の瞳に困惑が浮かぶ。

「アンジェリカ……？」

訝（いぶか）しげなエグバートの声に、アンジェリカは軽く首を横に振った。浮かべた微笑はそのままに、髪を梳（す）いた手を滑らせる。陶器のような肌は滑らかで、吸い付くような瑞々しさだ。一瞬、男にしておくのは惜しいかも、などという考えが頭をよぎって、噴き出しそうになるのを堪（こら）える。

されるがままだったエグバートだが、アンジェリカの手が頬を撫でると、少しだけくすぐったげに身じろぎをした。細められた翠玉が、アンジェリカをじっと見つめている。

その彼の頬を――アンジェリカは、思いっきり引っ張った。

「なっ、なにっ……!?」

「私、怒ってるんですよ」

にっこりと微笑んだまま、アンジェリカはぐいぐいと彼の頬を摘まむ。んあ、と間抜けな声をあげたエグバートは、慌ててアンジェリカの手を取ると、ごめん、と頭を下げた。

「心配させてごめんね。でも、僕は毒物には慣らされてるから大丈夫だと……」

「そちらもですけど……そのことじゃありません。……まあ、できればしないでほしいですけど、あれは私を助けようとしてやってくださったんですものね。……できればしないでほしいですけど」

大切なことなので、強調するために二度繰り返して、アンジェリカはため息をついた。

これでも、少なくない時間を夫婦として共にしてきた。エグバートの性格は、それなりに理解してきたつもりだ。勝算のない無茶をするような人ではない。ないと思うのだけれど。

万が一、同じような状況に陥ったら……いや、あの時あの『ロイシュタ王子』がエグバートだと知っていたら、自分はきっと身を挺して薬を飲むのを止めただろう。

そのあたり、理解しているのかいないのか、エグバートはアンジェリカの言葉に戸惑いの表情を浮かべている。

「――随分、テオバルトさまのこと、気にしていらっしゃいましたね」

「う、だ、だって……」

形の良い眉がぎゅっと寄せられて、翠玉に翳りが落ちる。そんな姿でさえ、いちいち絵になるエグバートに、アンジェリカはじりじりと詰め寄った。

「私が、テオバルトさまに心変わりしたと思っていたんですか？」

「……だって」

つい、と視線を逸らして、エグバートは呻くように呟いた。

「テオはさ、いい男だろう？　それに、やたらとアンジェリカのことを聞いてくるしさ。だいたい、きみだってテオとは随分打ち解けていたみたいだったから」

ぐだぐだと言い訳めいた言葉を並べ始めたエグバートを、じとりと胡乱な目つきで見ていると、ふと彼が耳まで赤くなっているのに気が付いた。じわじわと口の端が緩むのを堪えていると、とうとう「降参」とばかりに両手が上がる。

「疑ってたわけじゃないんだ。ただ……ああ、僕のつまらない嫉妬だよ。ごめんね、アンジェリカ、僕は、きみのことになるとどうしてこう……」

格好が悪いなあ、とため息をついて顔を覆ったエグバートに、とうとう堪えきれなくなった笑いが漏れた。くすくすと笑う彼女に、エグバートは唇を尖らせる。そんないじけた表情もかわいらしい。

夫の耳元に唇を近づけると、アンジェリカはこっそりと――とっておきの秘密を告げるように、耳打ちする。

「実は、私も……嫉妬しました」

「え……？」

おそらく、本当に心当たりがないのだろう。鳩が豆鉄砲を食ったように目を丸くして、エグバートがアンジェリカの顔を見る。

「アレックス――ううん、アレクサンドラさまと、エグバートさま、とてもお似合いに――」

「や、やめてくれ……！」

一転して顔面蒼白になった夫に、アンジェリカはもう一度笑い声をあげた。

「あいつが男だってことは、もう留学中には知っていたんだ……そんな恐ろしいことを考えないでくれ。だいたい、もう今のアレックスなら身体つきを見たら分かるだろ……？」

「全然分かりませんでした」

「ああ……アンジェリカ……それで、嫉妬してくれていたの……？　はあ……かわいい……かわいいアンジェリカ、僕はきみ以外目に入らない……」

蒼白になって悶えていたエグバートが、途中からアンジェリカの手をしっかりと握り締め、蕩けるような微笑を浮かべる。その変わり身の早さに後退ろうとしたアンジェリカの腰に、するりと腕が回る。

アンジェリカの脳内で、警報が大音量で鳴り始める。おかしい、どこでスイッチが入ってしまったのだろう。ただ、夫の妙な疑いを晴らしておこうと思っただけだったのに、これはおかしい。

うっとりとした顔をしたエグバートが、ちゅ、と軽い口づけを額に落とす。くすぐったさに思わず閉じた瞼に、そして頬に、鼻先に。柔らかい唇の感触に気を取られている間に、腰に回されていた腕が、背中や腰を軽いタッチで撫で上げた。

こうなってしまうと、もうアンジェリカは敵わない。しかし、もうじきこの部屋にはブリジットが来るはずだ。さすがにまずい。

「だ、だめ……エグバートさま、もうじき昼食が、あ、だめ、ちょっ……！」

「ん、だいじょうぶ……気にしなくていいよ……ね、ああ……」

何とかしてエグバートを止めようとするアンジェリカの唇に、エグバートの唇が重なる。何度か啄（ついば）むように口づけたかと思うと、今度は角度を変えて吸い付いてきた。ん、と言葉にならなかった声がエグバートの口内へ呑み込まれてゆく。

舌先が、唇を舐める。ちょん、とつつかれて、つい唇を薄く開いたアンジェリカの口（こう）腔（こう）内に、エグバートの舌がぬるりと滑り込んできた。

いつの間にか自由になっていた手が、思わずエグバートの上着をぎゅっと握り締める。捕まえられていたはずのアンジェリカの手が自由になったということは、捕まえていたエグバートの手も自由になったということだ。しかし、エグバートの舌先がもたらす感覚に既に酔い始めているアンジェリカが、そんなことに気が付くはずもない。

上顎から舌の付け根まで、緩やかに撫でていった舌が、アンジェリカの小さな舌を器用に捕まえると、それを搦（から）め捕る。表面を擦（こす）り合わせたり、そうかと思えば扱（しご）くように吸い上げたりされるのにおずおずと応えると、エグバートの口角がわずかに上がった。

アンジェリカの赤い髪に指が差し入れられ、するすると梳（す）くようにその感触を確かめられる。もう片方の手がしっかりと腰を抱え込むと、アンジェリカの柔らかな双丘が、彼の胸板に押し潰されてその形を変えた。

「ん……かわいい……」

ちゅる、とアンジェリカの舌を吸い上げたエグバートが、うっとりとした声音でそう囁く。はふ、と小さな吐息を漏らしたアンジェリカの瞳は潤み、頬は上気して薔薇色に染まっている。

その蕩けるようなまなざしを受けて、エグバートの呼気も熱を帯びた。

耳をなぞった指が、頬を辿って唇をそっと押す。少しだけ開いた隙間から指を侵入させたエグバートは、濡れた唇を柔らかく撫で、舌先に少しだけ触ると、入ってきた時と同じようにそっとそれを引き抜いた。まるで慈しむような動きに、アンジェリカの胸が熱くなる。

ただ、その視線は雄弁だ。熱を帯びた翠玉の瞳は、アンジェリカの青い瞳をまっすぐに捉えて離さない。

その視線に煽られて、アンジェリカの身体もまた熱を帯び始める。だが、口の端を上げたエグバートは、悪戯っぽくこう囁いた。

「……ブリジットが、来ちゃうんだっけ？」

「ん……そう、そうよ……だから……」

エグバートの言葉に、アンジェリカの指先がぴくりと揺れた。彼の上着をしっかりと握り締めていた手が、その言葉で少しだけ緩む。そうだ、ブリジットがもうすぐ来るはずだ。だから、これ以上はだめなはず。

それを少し寂しく思った自分に驚きながら、アンジェリカはエグバートから手を離そうとした。エグバートの手も同様に、軽くアンジェリカの身体を撫でて下りてゆく。

これで解放されるのだろうか。一瞬そう思ったアンジェリカだったが、ぷち、という音に身震いした。気付けば、いつの間にかエグバートの長い指がドレスのボタンを既に半分ほど外している。首元までしっかりと覆っていたはずの身ごろが緩み、生地の間からそれなりに――それなりに、ある胸の谷間がちらりと覗いていた。

胸の上側に唇を寄せたエグバートの舌が、ちろちろとそこを舐め、ちょんとつついて離れてゆく。視線を逸らすこともできず、それをじっと見つめていたアンジェリカと目が合うと、にんまりとした笑みが彼の口元に浮かんだ。

「ここじゃ……見られちゃうかもね?」

「や、あ、……っ」

エグバートの意地の悪い声音に、かっと頭に血が上る。じわりと涙が滲んで、アンジェリカの視界が揺れた。ふる、と首を振ると、それにつられて赤い髪がふわりと踊る。だめだ、と思う気持ちとは逆に、疼く身体がエグバートを欲している。それをきっと、彼も分かっているのだろう。

上着を握り締めていた手にもう一度力をこめると、彼がふっと息を吐いた。

「意地悪しないで……ここでは、だめ……」

思い切って小さく呟くと、エグバートがごくりと喉を鳴らした。そっと視線を上げて彼の顔を見ると、その耳がほのかに赤くなっているのが分かる。

「……っ、ん、寝室に行こうか……」

掠(かす)れた声でそう呟くと、エグバートはアンジェリカを抱え上げた。危なげなく身体を起こした彼は、しっかりとした足取りで一歩踏み出す。落とされたりはしないと知っていたが、アンジェリカは首に腕を回すときゅっとしがみついた。胸に頭を預けて、ほうっと息をつく。

心を預けるかのようなため息を聞いたエグバートの唇が、ゆっくりと笑みの形を作る。愛おしげに額にキスを落とすと、彼は上機嫌でその場を後にした。


寝室の中は、昼間だというのに薄暗い。柔らかな寝台に下ろされたアンジェリカは、思わずきょろきょろとあたりを見回してその原因に気が付いた。カーテンがひかれたままだ。

そんな風に、他のことに気を取られていたのが悪かったのだろうか。突然ぬるりと耳殻に熱い感触がして、アンジェリカは小さく悲鳴を上げた。視線を上げると、エグバートの翠玉の瞳が燃えるような熱を孕んで彼女を見下ろしている。その口元で、赤い舌が唇を湿らせるようにぺろりと舐めた。

その妖艶さに、背筋にぞくんと痺れが走る。

「僕だけ見て……ね、かわいいアンジェリカ」

切なげな声が耳朶を打つ。もう、と言葉では言いながらも、溢れる愛おしさにアンジェリカは手を伸ばしてエグバートの頭を抱え込んだ。その耳元へ、精いっぱいの気持ちを込めて囁く。

「嫉妬した、って言いましたでしょ……？　私はもう、ずっとあなたしか見てないわ」

「アンジェリカ……！　かわいいアンジェリカ、僕も」

肩口に顔を埋めてそう言うと、エグバートはアンジェリカをぐっと抱き締めた。力のこもった抱擁と、頬をくすぐる髪の柔らかさがアンバランスだ。

図らずもアンジェリカは、彼が「かわいい」と連呼する理由が少しだけ分かったような気がした。今、たまらなくエグバートのことをとても「かわいい」と感じている。

（でも、これは秘密ね……）

柔らかな髪を撫でながら、アンジェリカはひっそりと唇をほころばせた。「かわいいエグバート」なんて言ったら、きっと彼は拗ねてしまう。

　そのエグバートの手が、するすると慣れた手つきでアンジェリカのドレスを脱がせる。あっという間にドレスをはぎ取られ、コルセットの紐が緩む。ずる、とそれを引き落とすと、エグバートの舌が柔らかな胸を舐め、軽く歯を立てた。それだけで、ぴりりと背中を痺れが走る。

　ぷくんと勃ちあがった先端を吸われ、時に舌でつつかれながら、もう片方を指で弄ばれて、アンジェリカの口からかぼそい喘ぎが上がった。身体の奥が疼いて蜜を零し始め、その先を待ちわびて、アンジェリカは熱い吐息を漏らす。

「んっ……、も、エグバートさま、んっ……」

　抵抗をするつもりはない。アンジェリカだって、早く、もっともっと彼に触れてほしいと感じている。

　だが、それでも、自分だけ脱いでいるのは恥ずかしい。喘ぎながらそう訴えると、エグバートはくすりと笑った。ちゅ、と唇にキスを落とすと、躊躇いなくタイを抜き取り、あっという間にシャツのボタンを外していく。その隙間から見える引き締まった身体に、アンジェリカはそっと手を伸ばした。

　常に鍛練を欠かさない逞しい身体だ。そして、いつもアンジェリカを全力で守ってくれる人の身体である。愛おしさが溢れて、そうっと撫でるように触れると、エグバートが身をよじった。

「ん、くすぐったい……そうだ、こっちへ来てから鍛練をサボっているからな。たるんだりしていないか、確かめてくれ……」

あっという間に全て脱ぎ去り、一糸纏わぬ姿になったエグバートが、笑いながらアンジェリカの手を誘導する。胸板に、そして腹筋に手を導いて触れさせると、彼は大きく吐息を漏らした。その息が熱い。

「もう、だめ……アンジェリカに触られてると思うと、暴発しそう……」

自分でやらせておいて、この言い草である。おかしくなって笑いだしたアンジェリカを軽く睨むと、今度はエグバートの手がアンジェリカの身体を撫で回し始めた。

アンジェリカにさせたように、最初は胸を。だが、その手つきはアンジェリカとは全く違う。柔らかな膨らみを揉み込み、時折舌を這わせてゆく。

零れる嬌声に目を細め、ぺろりと唇を舐めたエグバートの手と舌が、次第に下へと移動し始めた。腰をゆっくりと撫で、その後を舌が追う。丹念な愛撫を受けて、ぞく、とアンジェリカの背を快感が駆け上がる。舌が這った痕が、ぬめぬめといやらしく光った。

まるで、全身くまなく舐めたいとでも言うように、しつこく腰のあたりから臍にかけてじっくりと舌を這わせたエグバートの唇が、再びアンジェリカの唇を塞ぐ。

今度は執拗に唇を合わせながら足の間に身体を割り込ませ、するりと足の間に指を滑らせ、付け根をくすぐると、そっと秘裂をなぞりあげた。とろとろと零れていた蜜がくちゅ、と音を立て、アンジェリカは震えて身をよじる。だが、エグバートはそれで手を緩めたりしない。

既にぷっくりと芯を持ち始めていた花芽をくりくりと嬲られると、アンジェリカの唇から甲高い嬌声が零れ落ちた。

「ん……かわいい、本当に素直でいい子だ。きみをこんな風に愛せて、僕は本当に幸せだな……」

「あ、ああ……っ、エグバートさまぁ……っ」

エグバートの囁きに、自分も、と言葉を返したい。だが、それは言葉になる前に嬌声となってかき消されてしまう。

だが、それでもエグバートは満足そうににっこりと笑った。その笑みに、きゅう、と胸が熱くなって、縋る指先に力がこもる。

身体の奥からとろりとろりと蜜が溢れ出す。さらなる快感を期待するかのように、ひくひくと蜜口が震える感覚まではっきりと知覚して、アンジェリカの羞恥を煽った。

花弁から滴り落ちた、ぬるぬるとした蜜液を長い指が掬う。エグバートはそれを指先に纏わせて、くちくちと音を立てながらさらに快感の芽を擦り上げた。がくがくとアンジェリカの身体が揺れて、目の前に星が散る。

「や、そ、そんなにしたら、あ、んッ……」

「や、じゃないでしょ……？」

囁く声は、掠れ気味だ。それだけ興奮しているということなのだろう。

その証拠に、煮えたぎる情欲を隠しもしないエグバートの瞳が、快楽に悶えるアンジェリカの姿をしっかりと捉えている。その視線の持つ熱に炙られるように、身体の熱がどんどん上がった。

「あっ、うん、きもち、いい、きもち……いいの……っ」

「ん、かわいい……アンジェリカ、アンジェ……きみは、本当に……」

彼の言葉に従って、教えられた通り、アンジェリカは素直に感じたことを口にする。

そうすると、与えられた快感が増幅して、身体中を吹き荒れた。

その姿も、全てエグバートの美しい翠玉の瞳に映っている。愛しい相手に悦楽を与えられ、その姿をつぶさに見られていることに興奮して、アンジェリカは涙を流して悶え、新たな蜜をとろとろと零す。

視界の端が白くなり、怖くなったアンジェリカがエグバートの首に縋りつくと、彼は一層その指を激しく動かす。ぐちゅぐちゅと立つ淫らな音と、アンジェリカの喘ぎ声、そしてエグバートが漏らす荒い息が、薄暗い――しかしまだ昼間の寝室の中に淫靡な空気を充満させる。

「あっ、やっ、ねえ、おかしくなっちゃう……きもち、いいからあ……っ、ねっ、エグバートさま……っ」

「うん、いいよ……おかしくなったアンジェリカも見たい。どんなアンジェリカでも、僕は変わらず愛してるからね……」

「ん、わたし、わたしもっ……あ、あっ……？」

だが、そんな熱のこもった囁きとは裏腹にすっと指が引かれ、もう少しで高みに昇りそうだったアンジェリカが疑問と、わずかにもどかしさの交じった声をあげる。にやりと笑ったエグバートが、その代わり、とでも言うようにぐっしょりと濡れそぼった秘裂に熱い杭を押し当てた。汗の滲む額を腕で拭いながら、エグバートはゆるゆると馴染ませるように腰を前後に動かす。

絶頂寸前まで押し上げられたアンジェリカの身体には、その緩慢な動きがもどかしい。早くその熱いものが欲しいとばかりに、ひくひくとわななく身体を押し付けられて、エグバートの口元に愉悦の笑みが浮かんだ。

「ほら、そんなに押し付けて……早く欲しいって、おねだり？」

「やだ、そんなこと、してな、あ、ん」

焦らすように、蜜口の浅いところを先端が出入りする。太い傘の部分がぬるりと入り込むたびに、アンジェリカの中が吸い付いて、中へ中へと誘い込む。

んん、と眉をひそめたエグバートが、吐息と共に呟きを漏らした。

「すごい、アンジェリカの中、吸い付いてくる……」

「やだあ、いわないで……」

涙交じりの声をあげたアンジェリカを宥めるように、キスが落とされる。ちゅ、ちゅ、と軽く啄んだかと思うと、肉厚の舌が入り込み、アンジェリカの舌を搦め捕った。吸い上げられ、今度は彼の口の中へ誘い込まれる。やわやわと甘噛みされて、きゅうっと身体の奥が収縮するのをはっきりと意識してしまい、アンジェリカが甘い声をあげた。

「ん、あ……っ」

「ほら、アンジェリカ……分かる？」

じゅぶ、と音を立てて、エグバートの熱杭が蜜洞へ抵抗なく呑み込まれてゆく。太い楔がごりごりとそこを蹂躙し、感覚の鋭敏な部分を容赦なく刺激する。身体を震わせて、アンジェリカはその感触を受け止めた。

身体の中が、まるで離さないとでも言うかのごとく絡みついていく。進むたびに、きゅうと絞り上げるようにうごめいたせいだろうか、エグバートが「はあっ」と荒い息をついた。

「きつ……」

「あ、すごい……おっきい……」

奥までみっちりと埋め込まれた肉茎は、熱く、いつもよりも大きい。思わず漏らした言葉に、エグバートがぐっと奥歯を噛み締めた。

「だめ、アンジェ、も、我慢できない……」

ぐっと腰を引いたかと思うと、ぐちゅん、と大きな音を立てて昂ぶりが一気に突き込まれる。激しい抽送に、アンジェリカの身体が揺さぶられ、その唇からはひっきりなしに嬌声（きょうせい）があがった。

限界まで膨れ上がったものが、アンジェリカの中を行き来して、容赦のない快感を送り込んでくる。

今までにないほど強烈な悦楽に、意識が霞む。それでも、アンジェリカの中はけなげにエグバートの熱塊に吸い付き、もっともっとと誘い込んでゆく。

「あ、あっ、んっ、やあ、奥、奥にきちゃう……ッ」

もはや、自分でも何を口にしているか分からぬまま、アンジェリカが甘い啼き声をあげる。エグバートの呼吸が荒くなり、律動が激しさを増した。一突きごと……いや、もはやエグバートの動きのひとつひとつに愉悦が湧き起こり、アンジェリカの頭の中が真っ白になってゆく。彼の額から汗が滴り、アンジェリカの肌に落ちたかと思うと、揺さぶられる身体を滑ってシーツの上に消えた。

堪えきれない悦楽に、目尻には新たな涙の粒が浮かぶ。髪を振り乱し、首を振りながら、アンジェリカはエグバートの肌に爪を立て、何とか意識を保とうと必死で縋りついた。

「ああっ、だめ、イっちゃ、……あ、ああっ」

「ん、かわいい、アンジェ、もう、僕も……ッ」

ごり、と奥を突き上げられ、ぐりぐりと押し付けられる。脳を揺さぶるような悦楽にひときわ高く啼いたアンジェリカの身体が震えた。きゅうきゅうと肉棹を締め付け、エグバートを強く喰い締める。その動きに耐えきれなくなったのか、エグバートはぐ、と呻くと、一拍遅れて欲望を体内に放った。熱い飛沫を身体の奥に感じて、アンジェリカはくったりと寝台に身を投げ出し、はあはあと荒い息を吐く。

はあっ、とこちらも大きく息を吐いたエグバートが、アンジェリカをぎゅっと抱き締めた。

「愛してるよ……」

「私も、愛してます……あなたと結婚できて、本当に幸せ……」

力強く熱い身体に抱き締められて、アンジェリカは幸せを噛み締める。エグバートの愛の言葉に素直に応えると、彼はしっかりと抱き締めたアンジェリカのつむじに唇を寄せ、何度も短いキスを繰り返した。

あの時、エグバートとの契約に頷いてよかった、としみじみと思う。これまでになく強く湧き起こる思いに、アンジェリカはもう一度胸の中で「愛しています」と呟く。逞しい胸元に頬を寄せて、彼のキスに応えるように、アンジェリカはぎゅっと力を込めてその身体を抱き締め返した。

――いい天気だ。

雲ひとつない晴天の空を見上げて、アンジェリカは目を細めた。シルト帝国の新しい門出の日として、きっとふさわしい一日になるだろう。

今日この日、テオバルトはシルト帝国の皇帝として即位する。戴冠式の開幕は、もう目前に迫っていた。

「アンジェリカ、用意はできた？」

「ええ」

豪奢な正装は、身動きがしづらくて敵わない。これほど重たい衣装を身につけるのは、結婚式以来かもしれない、とふと思って、アンジェリカは笑みを浮かべた。

淡い紫色のドレスは、つやつやとした光沢が美しい。肩口をすっきりと出して、下半身にボリュームを持たせる形は、ロイシュタ王国の最新の流行だ。レースとフリルをふんだんに使ったそれは――うん、やっぱり重い。

罰当たりなことを考えながら振り返ると、そこにはいつか見た濃紺の正装を纏ったエグバートが立っている。公式の場に出るためにいつもよりも装飾が多いせいか、煌めいて見える。相変わらず、ため息をつきたくなるほど完璧な貴公子ぶりだ。

この姿を最初に見た時は、全ての行動が演技だと思っていた。まるで物語みたいだ、と他人事のように考えたものだ。

だが、今のアンジェリカは知っている。

この人が案外不器用で、嫉妬深くて、そして本当に誰よりも自分を愛してくれている人だということを。

「ああ、かわいいアンジェリカ――きみは今日もとても素敵だね」

「……もう！」

うっとりとした微笑を浮かべたエグバートが、窓際に立っているアンジェリカの傍まで歩いてくる。壊れ物を扱うかのようにそっと抱き締められて、アンジェリカの心臓が跳ねた。

するりと腕を撫でた指先がアンジェリカの手をうやうやしく持ち上げ、その甲にキスを落とす。

「緊張、してる？」

「……してません！」

視線を合わせて、二人で噴き出す。お互い、同じことを思い出していたらしい。

トントン、と扉を叩く音がする。

「エグバート殿下、アンジェリカ妃殿下、お時間です」

外から呼びかけるデイヴィットの声に、視線を合わせてまた笑う。すい、と差し出された腕に手を添えて、アンジェリカは一歩踏み出した。

「――第十五代シルト帝国皇帝、テオバルト陛下に祝福を！」

色鮮やかなステンドグラスの前で跪く（ひざまず）テオバルトの頭上に、黄金の冠が載せられる。

神聖な儀式を目の当たりにして、アンジェリカはどきどきと高鳴る胸を押さえた。

声を張り上げたのは、白いひげを蓄え、白いローブに身を包んだ司教だ。年齢に似合わず朗々と響くその宣言が終わるか終わらないかのうちに、会場となった聖堂は割れんばかりの歓声に満ちた。

頭上に冠を戴いたテオバルトが、ゆっくりと立ち上がり、右手を振ってその声に応える。白い正装に金の徽章をつけ、臙脂のマントに身を包んだその姿は、若さに似合わぬ堂々たる風情だ。

その後ろに立っているのは、女装を解いたアレキサンダーだった。深い緑の正装に身を包んだ姿は、姫として成長したことなど微塵も窺わせない。その陰に控えるようにして、エトムントの姿もある。

「改めて宣言しよう——」

テオバルトのよく通る涼やかな声は、歓声の中でもはっきりと聞こえた。

「第十五代皇帝として、これからもシルト帝国の発展のため、尽くすことを誓う……！」

一瞬静まり返った場内に、再び大きな歓声があがる。

「もうひとつ、皆に報告すべきことがある」

身振りでその歓声を鎮めると、テオバルトは後ろを振り返った。手招きされて、アレキサンダーが進み出る。その肩を抱いて、テオバルトは再び正面へ向き直った。

「我が弟、アレキサンダーである！　これまで、故あって姫として育ってきたが、これからは弟として、また我が片腕として共に国の繁栄に尽くしたいと思う」

テオバルトの言葉に、ざわついていた場内は再び歓声と、割れんばかりの拍手に満ちた。どこからか万歳の声があがり、それは波紋のように広がっていく。

二人が手を上げてその声に応えるのを見ながら、アンジェリカは口元を押さえた。

「まあ……まさか、ここでご紹介なさるとは」

「聞いてなかった？」

思わず漏らした呟きに、楽しげなエグバートの声が答える。どうやら、彼はこのサプライズを知っていたらしい。きっと、わざとアンジェリカに言わずにいて、反応を見たかったのだろう。

悪戯小僧は、いくつになっても悪戯好きらしい。仕方のない人だ、という思いを込めて、もう、と肘でつついてやると、エグバートはにっこりと笑った。

「さ、我らが友人の門出を祝ってあげようよ、かわいいアンジェリカ」

「ええ」

壇上では、二人の青年が歓声に応えている。アンジェリカはそっとエグバートに寄り添うと、二人に向けて祝福の拍手を送った。

「——ね、アンジェリカ」

「何ですか？」

エグバートがそっと耳元に唇を寄せてくる。

「僕が王位を継ぐ時には、きみが僕の支えになってね……」

「——ええ、誓いの通りに」

柔らかな光が、大聖堂の中を満たしている。この先の未来に思いを馳せながら、アンジェリカはそっと目を閉じた。

番外編

ご契約は慎重に

薄紅色の薔薇の中で見る彼女の髪は、思った通り美しい。立ち去る後ろ姿を眺め、エグバートは満足げに微笑んだ。

この場所を選んだのは、人目につかないことばかりが理由ではない。前々からこの庭園で、薄紅色の薔薇の中でひときわ濃い色をした一輪の紅薔薇に彼女を見立ててみたかった。

エグバートが何度も思い描いていた通り、彼女の赤い髪は薄紅色の薔薇を引き立て役にして、いつもよりずっと綺麗に見える。頬が緩むのを我慢するのは思ったよりも大変だったし、彼女から無理やり視線を外すのはさらに大変だったけれど。

「ふふ、かわいいなぁ……」

その彼女の姿を思い浮かべながら、ぺら、と今書いたばかりの一枚の紙——契約書を眺める。そこに記された条項をひとつひとつ指で辿っていると、またくすりと笑みが零れた。全く、欲のないことだ。契約して王太子妃になってやる、というのだから、もっと過大な要求を突き付けてもいいはずなのに。

「まあ、そこがアンジェリカのかわいいところなんだけど」

それにしても、そのアンジェリカの記した条項は、エグバートにしてみればあまりにも都合がいいものばかりだった。逆に本当にこれでいいのかと、思わず確認したほどに。

彼女の提示した項目は四つ。あまりにも簡素なそれから推し測れるのは、アンジェリカが契約の中身ではなく、契約したという事実に重点を置いていることだ。

デイヴィットに聞かされていた通り、アンジェリカはあまり欲の強いタイプではないようである。

だが。

「契約書の中身は、よくよく考えて、きちんと決めないとだめじゃないか、かわいいアンジェリカ――」

瀟洒（しょうしゃ）な造りの白いテーブルに、白地に金の薔薇（ばら）の模様が描かれた用紙で作った契約書を置く。これが王家の公式文書に使われるものだということに、彼女は気が付いていただろうか。そんなことを考えながら、ひとつめの項目に指を滑らせて、エグバートはそれを読み上げた。

「この契約によりヴァーノン家に過大な肩入れをしないこと」

これは、実家への妬みを避けるためだろう。まあ、一つ二つ役職を上げるくらいは、王太子妃の実家として箔をつけるために必要な措置だ。過大には当たるまい。さすがにそればかりは受け入れてもらわなければ、他の者たちに示しがつかない。

爵位については、子どもができた時にでもお祝いと称して陞爵を打診すればいい。さすがにそこまでいけば、アンジェリカとて拒みはしないはずだ。

きっと、かわいい子が生まれるだろうなあ。まだまだ先のことだというのに、そんなことまで考えて、エグバートは目を細めた。

「この契約により必要となる物資については、エグバート個人の負担とする」

二つめを読み上げた口元が緩む。これで精いっぱい自分の利益を確保したつもりなのだろうか。それに加えて、エグバート個人の資産を指定してきたあたりが素晴らしい。国庫を荒らすつもりはない、という意思表示だ。

まあ、エグバートは曲がりなりにも王太子であり、当然のことながら王太子として少しばかり領地もいただいている。そこから上がる収益は、エグバート個人の資産になるわけだが、使うあてもなく貯め込んでいるので問題ない。

アンジェリカはそのあたりには詳しくないだろう。

――これで、堂々とアンジェリカにプレゼント攻撃ができるわけだ。もちろんこんな契約などなくともする気満々である。

これでは、断りたくても断れない状況になっていることには気付いていないのか。必要経費だけのつもりだろうが、こちらとしては良い口実ができただけだ。どれもこれも、必要なものだと言えば受け取らざるを得ないのだから。

早速、明日にでも手配を始めなければ。何せ、社交シーズンまではもう間がない。急いで用意させるにしても、できうる限りいいものを選びたい。

それから、とエグバートは自室の机の中身に思いを馳せた。鍵付きの引き出しの奥に仕舞った小さな箱の存在を思い出して苦笑する。

あれは、まだ――アンジェリカのことを好ましく思い始めた頃に用意したものだ。薄紅と白の小花をモチーフにした小さなブローチで、葉の部分にあたる場所には、自分の瞳と同じ色をした石を選び、あしらってもらった。これが彼女の胸元を飾る姿を想像して、エグバートの心は浮きたったものである。

だが、それが完成していざ渡そうと思った矢先に、デイヴィットから彼女に婚約者がいることを教えられたのは苦い思い出だった。しかし、それもようやく昇華できそうだ。

こうして、長年片思いをこじらせてきた当の相手と結婚できることになり、エグバートの脳内は少々浮かれていた。多少——いや、だいぶ強引な手を使った自覚はあるが、なりふり構っていられない事情もある。

このままぼんやりしていては、最悪の相手と結婚せねばならなくなるのだ。それを避けるために誰かを選ぶというのなら、エグバートにはもうアンジェリカ以外考えられなかった。

「公式の場では、仲睦まじい夫婦として振る舞うこと」

大いに結構なことである。にやにやと緩む口元を隠すこともせず、エグバートはその条項だけを三度ほど繰り返して読んだ。

もちろん、公式の場だけ、なんてもったいないことをするつもりは毛頭ない。せっかく「仲睦まじい夫婦」として振る舞うのだから、私的な場でも存分に「仲睦まじく」しようではないか。

恥ずかしい話だが、アンジェリカはエグバートにとって初恋の相手だ。むろん、幼い頃にはそれなりに、淡い憧れめいた気持ちを抱いた相手がいないでもなかった。だが、はっきりと「これが恋」という自覚を持った相手は、彼女が初めてなのである。

当然、いろいろと妄想だけははかどるわけで、緩んだ口元はさらにだらしのない笑みを作った。

ぜひ、アンジェリカと実現したい、そんな妄想がやまほどある。

こじらせた初恋を甘く見てはいけない。これから先の甘い結婚生活を思い描いて、エグバートは半分夢見心地で次の条項へ目を移した。

「……契約解消時には、事前に告知すること、か」

この条項はあってもなくても同じだ。解消するつもりなどないからだ。

そのためにひとつ、エグバートからも条件を付けた。

自分が付け加えた項目を見て、エグバートは昏い笑みを浮かべる。この条項を見て、彼女は何も思わなかったのだろうか。

――エグバートが望む限り、この婚姻を続ける。

少し考えれば気が付いたはずだ。この一文がある限り、アンジェリカは自分から婚姻の解消を申し出ることはできない。

これからゆっくり、時間をかけてアンジェリカを籠絡するつもりなのだ。途中で逃げ出されてしまっては元も子もない。まあもちろん、逃がすつもりは毛頭ないのだけれど。

かわいそうだが、たとえ何があったとしても、エグバートはこの婚姻を打ち切るつもりはない。できれば、彼女にも自分を愛してもらえればいいと思う。そのための努力は惜しまないつもりだ。

だが、たとえ愛してもらえなくても、エグバートからの愛情が涸れることはないだろう。それだけは、自信をもって断言できる。

「ほんと、アンジェリカはかわいいなあ……ふふふ」

「……おおむね同意しますけどね、殿下。その顔、他の方には見せないでくださいよ」

「何だ、デイヴィット、もう戻ったのか」

かけられた声に視線を上げると、そこには彼女と同じ赤い髪がある。同じ、はずだが。

「……似合わないなあ」

「何がですか」

薄紅色の薔薇に囲まれて、呆れ顔のデイヴィットが、正面の椅子に腰を下ろす。そこへ、件の契約書を差し出してやると、彼はさっと目を通してげんなりした顔になった。

「あの馬鹿……」

「かわいいだろう?」

「さすがに気の毒になってきました……素直に言えばいいじゃないですか。あと何ですかこの用紙。本気度がひどい、怖い」

すすっと契約書をエグバートに戻しながら、デイヴィットが言う。さすがに近衛隊の一員だけあって、用いた用紙の意味に気が付いたようだ。だが、そこはさらっと流すことにして、エグバートは目を伏せた。翠玉(すいぎょく)の瞳が翳(かげ)り、傍目には美麗な憂(うれ)い顔になるが――

「だって……もし他に好きな男がいるとか言われたらどうする？　あの、亡くなった婚約者に操(みさお)を立ててるとか言われたら？　そんなこと言われたら……」

「いや、それならもうこんな契約自体しないんじゃないですかね……」

言っている内容の情けなさたるや、皆が氷の王子と呼ぶ人間と同一人物とは思えない。

呆れたままのデイヴィットの呟きを無視して、エグバートは続けた。

「とにかく、僕にはもうあまり猶予(ゆうよ)がない。アンジェリカに僕を好きになってもらうのは、結婚してからでも遅くないだろう？　大丈夫、ちゃんと優しくするし……」

「何する気なんですか」

「何って……そりゃ」

「あ、言わなくていいです」

近衛(このえ)騎士のじっとりとした視線を受け流して、エグバートはうっとりと今後を夢想する。

父に話をして、結婚はできる限り早くしてもらおう。それまでの間、警護はデイヴィットに任せるのが一番いい。うっかり他の男をつけたら、そいつと恋に落ちるかもしれない。

もしくは、横恋慕されて、かっさらわれたりしたら元も子もない。その点、デイヴィットなら心配ないはずだ。

そこで、エグバートはふと気付いて顔を上げた。

「デイヴィット、おまえ、本当にアンジェリカとは血のつながった兄妹なんだろうな」

「は？　いや、見たら分かるでしょう……よく似てるって言われるんですけど」

「はぁ？　おまえ、部屋に鏡はないのか？　全然似てないだろ……アンジェリカの方が百倍……いや、千倍かわいい」

きっぱりと断言するエグバートから視線を逸らして、デイヴィットは周囲に咲き乱れる薄紅の薔薇に手を伸ばす。

つん、とつつくと、それは芳香をまき散らしながらゆらゆらと揺れた。

「さ、これから忙しくなるぞ……」

「へいへい」

呆れ顔の近衛騎士を尻目に、エグバートはこの先の幸せな未来を夢想し、うっとりと微笑んで、その場を後にした。

書き下ろし番外編

王太子殿下はかわいい妻の誘惑を待ちきれません

窓の外からは、既に大勢の人々のざわめく声が聞こえている。アンジェリカはその窓をちらりと見やると、胸を押さえて小さく息を吐き出した。

「……緊張しているの？」

背後からぽんと肩に手を乗せられ、振り返る。そこには夫である王太子エグバートと、その腕に抱かれた幼児の姿があった。金の髪に青みのある緑色の瞳をしたかわいらしい男の子である。名前をリアムという、エグバートとアンジェリカの間に生まれた初めての子どもだ。エグバートと揃いの真新しい礼装を着せられた姿は、なんだか得意げにすら見える。

今日はリアムの一歳の生誕祭だ。窓の外にあるバルコニーの下では、大勢の国民たちがその顔を一目見ようと集まりひしめき合っている。

アンジェリカはもう一度小さくため息を漏らすと、わずかに眉根を寄せて口を開いた。

「まあ、少しは。ああ、大丈夫かしら……リアムはこんなに大勢の前に出るのは初めてだもの……」

にこにこと機嫌よく父の腕に抱かれているリアムのぷっくりとした頬に手を伸ばし、そうっと撫でる。柔らかで滑らかな感触は、どれだけ触っても飽きることがない。それに少しだけほっとした気持ちになって、アンジェリカはぎこちない笑みを浮かべた。

(私はだいぶ慣れたけれど……ああ、怯えて泣いたりしないといいのだけれど)

窓の外のざわめきは、刻限が近くなると共にだんだんと大きくなっている。不安そうなアンジェリカに向かって柔らかな笑みを向けて、エグバートは宥めるような優しい口調で言った。

「大丈夫だろう。リアムはきみに似て度胸があるからね……。あ、ほらアンジェリカ、そろそろ時間のようだよ」

「え、もう？　は、早い……、あ、ちょっと、エグバートさま、待って」

気付けばもう、外では楽団による演奏が始まっていた。

アンジェリカの心配をよそに、ご機嫌なリアムを腕に抱いたエグバートは足取りも軽くバルコニーへと向かっていく。その後を慌てて追いかけたアンジェリカは眩しい太陽の光の下へ、二人に続いて踏み出した。

◇

その日の夜。寝室に入ってきたエグバートは、おや、とわずかに目を見開いてそう問いかけてきた。リアムを寝かしつけるため、いつもはもう少し遅い時間に姿を見せるアンジェリカが、先に中にいたので驚いたようだ。

「おや、リアムはもう寝たのかい？」

「ええ、ぐっすり。疲れたみたい」

アンジェリカが笑って頷くと、彼は「そうか」と微笑みを浮かべる。ゆったりとした足取りで傍へやってきたエグバートは、隣に腰を下ろすとアンジェリカの肩を抱き寄せた。

いたわるように軽く抱き締められて、どきりと心臓が跳ねる。湯を使ったばかりのエグバートからは、ほのかに石鹸の香りがした。最近は、リアムと一緒にいることが多く、少し甘い乳の匂いに慣れきっていたので、なんだか妙にそわそわしてしまう。

「お疲れ様。きみも今日は疲れただろう」

「エグバートさまが助けてくださったから、それほどでも」

アンジェリカは、彼の言葉に首を振った。エグバートは、普段から忙しい政務の合間を縫ってマメにリアムとの時間を確保してくれている。その甲斐あってリアムはエグバートになついているし、すっかりパパ大好きっ子だ。

おかげで今日もエグバートが抱いているだけでご機嫌で、全ての行事が滞りなく済んだ。もっとぐずったりするのではないか、とハラハラしていたのが若干馬鹿らしくなったほどだ。

それより、とアンジェリカはごくりと唾を呑み込み、エグバートの方へ向き直った。ぐっと握った掌に、じっとりと汗をかいているような気がする。けれど――

（きょ……今日こそ言わなくちゃ……）

最近はリアムの寝かしつけやら何やらで、ちっとも落ち着いた夜を過ごせていない。だが、今日ならば。

もう一度ごくん、と唾を呑み込んで――アンジェリカは、えい、と目の前の夫の身体に抱きついた。

「え、あ、アンジェリカ……？」

わずかに動揺したような声が、アンジェリカの名前を呼ぶ。う、とひるみそうになる心を鼓舞して、アンジェリカは何とか口を動かした。

「あ、あのっ……リアムも、一歳になりましたし……、その……、そろそろ第二子を、産んでも問題ないだろうと……侍医が」

「え、あ……そ、そう……」

顔が熱い。緊張で喉が渇いてきた。アンジェリカはこんな風に、自分から誘うような経験はほぼ皆無と言っていい。あったとしても、エグバートのリードに流されて何も考えられなくなってしまうのが通常だ。

しかし、今日のエグバートはいささか戸惑ったような返答をしたかと思うと、優しく背中を撫でただけで動こうとしない。

(もしかしたら、今日はお疲れで……そんな気になれないということかしら)

まるで自分一人が張り切って空回りしているようだ。そう感じて、アンジェリカは急に不安に見舞われた。

「あ、あの……」

だから、と言葉を続けようとしたアンジェリカは、顔を上げて夫の表情を見た瞬間「あっ」と小さく声をあげた。だが、それ以上の言葉は出ない。

「……っ、んっ」

――やられた。そう思って息を呑んだアンジェリカの唇に、にんまりとした笑みを浮かべたエグバートが食らいつくように口づけてきたからだ。あ、と思ったときには既に、にゅるりと入り込んだ熱い舌が口腔内を我が物顔で這いまわり、蹂躙していく。

　リアムを産んでから、こうした夫婦生活はほとんどなかった。あったとしても、アンジェリカの身体を気遣って至極あっさりとした交わりに終始していて、こんなに激しく口づけられるのも随分と久しぶりだ。

　そのせいか、息継ぎの仕方が思い出せない。んんっ、と小さくくぐもった声がアンジェリカの唇から漏れ、唇の端から呑み込みきれない唾液がだらしなく糸を引く。

　それを親指の腹で拭い取り、エグバートは濡れた指をアンジェリカの薄い寝間着の中へと侵入させた。一瞬だけ冷たい感触がして、びくりと身体が震える。だが、エグバートの指先が肌を滑り始めるとそれを気にしているどころではなくなった。

　指先の感触に、ぞくぞくとした感覚が背筋を這い上がり、期待に乳嘴が硬く立ち上がり始めるのが分かる。薄い寝間着が先端に擦れ、ぴりりと淡い快感がアンジェリカにもたらされた。ふあ、と鼻にかかった吐息が漏れると、エグバートは唇を解放し、耳元に楽しげに囁きかけてくる。

「二人目は、男の子か女の子か……どちらにしても、楽しみだな」

「も、もう……っ」

　自分から言い出したことなのに、改めて言われると顔から火が出そうなほど恥ずかしい。けれど、その直接的な言葉に、またお胎の奥がきゅうきゅうと疼く。くす、と笑う声と吐息が耳をくすぐって、それがアンジェリカの背筋を震わせる。つつ、と腰のあたりから身体をなぞった指が、柔らかく胸に触れる。やわやわと揉まれると、それだけで緩い快感が生まれてくる。

　だが、それでは物足りない。もっと直接的な刺激が欲しい。もうぷっくりと勃ちあがって主張する、胸の先にも触れてほしい。我慢できずにわずかに身をよじると、それを待ち構えていたかのように、エグバートの掌が太ももをなぞりあげた。

「は、あ……」

　ぎゅうっとエグバートの寝間着を握り締めて吐息を零すと、彼は満足げに口の端を吊り上げ囁きかける。

「相変わらず、感じやすいなあ」

　どこか冗談めかした口調でありながら、エグバートの瞳には隠しきれない情欲の光が灯っている。その瞳に射貫かれて、また身体の奥がきゅっと疼いた。そこからとろりと溢れるものの存在を感じて、アンジェリカの唇から熱い息が漏れる。

「ほら、もうこんなに濡らしてる」

太ももを撫で上げたエグバートの指が、つぷりとあわいに差し込まれ、蜜口を探る。ぬるん、と滑るその感触に、全身がかっと熱を持つのが分かった。まだ、そんなに触れられたわけでもないのに、とろとろと蜜が零（こぼ）れて止まらない。

「や、こんな、んっ……」

「嫌じゃないでしょ？」

どこか肉食獣めいた笑みを浮かべたエグバートが、ぬめりを纏（まと）わせた指先で花芽をくすぐる。びく、と身体を震わせたアンジェリカの唇から嬌声（きょうせい）が漏れると、胸の先端をきゅっと摘まれて、目の前に星が散った。

「あ、はっ……ん、あっ……あ、」

「ほら、こっちも……」

反対側の先端を寝間着ごと口に含んだエグバートは、吸い付いたり甘噛みしたりを繰り返す。異なる場所への違った触れ方に、アンジェリカの身体はすっかり翻弄（ほんろう）され、ただうわごとのように「きもちいい」と発することしかできない。

いつの間にかはだけられた胸元に、今度は直接口をつけられ、赤い痕が散る。回数こそ減ったけれど、まだ授乳もしているのに——などと、とりとめもない考えが頭をよぎったが、それもすぐに霧散した。

久しぶりに与えられた強い快感に、もう何も考えられない。

「あ、やぁ、い、イっちゃ……ああっ」

「ん、よく言えたね」

ほら、と耳元でエグバートの声がして、花芽を擦っていたのとは別の指が蜜口をくすぐって中へと侵入してくる。それをまるで歓迎するかのように、アンジェリカの中はきゅうきゅうと収縮を繰り返した。新たな蜜がこぽりと溢れ、エグバートの指は難なく奥へと潜り込んでゆく。

「あっ、や、いっしょにしちゃいやっ……」

大きく首を振ったアンジェリカが涙目でそう訴えるが、エグバートは掠れた声で「だめ」と囁いた。

「これ、好きでしょ？　中と外を一緒にするの」

「あ、あっ、ああっ……！」

蜜洞へ潜り込んだ指先と、花芽を擦る指先と——同時に強い快感を感じる二つの場所を刺激され、アンジェリカの目の前がちかちかと明滅する。がくがくと身体が揺れるのを止められない。

久しぶりすぎて怖い。縋るものが欲しくてエグバートの逞しい身体に腕を伸ばすと、彼はすぐに身体を寄せてくれた。しっかりとしがみつくと、小さく息を呑んだエグバートがアンジェリカの唇を荒々しく塞いだ。すぐに侵入してきた舌がアンジェリカのものと絡め合わされ、吸い上げられる。

「ん、んっ……んん――ッ！」

途端に、まるで身体の奥から解放されたかのように快感が溢れ出し、頭の中が真っ白になった。宙に放り出されたような感覚がして、それから急激に体重が戻ってくる。

はあ、と大きく息を吐いた瞬間、中から指が引き抜かれ、代わりに熱い杭が押し当てられた。ちゅう、と蜜口がそれに吸い付いて淫らな水音が鳴る。

だが、今達したばかりのアンジェリカには、少し刺激が強い。

「は、あ、まっ……」

「無理だよ、アンジェリカ……かわいいアンジェリカ、そんな姿を見せられて、待てるはずがない」

待って、という言葉はあっさりと遮られた。しっかりと腰を押さえつけられ、アンジェリカの中に大きなものがずぶずぶと侵入してくる。眉間にしわを寄せ、荒い息を吐いたエグバートから、汗がひとしずく落ちてアンジェリカの肌を滑っていく。

「あ、あんっ……あ、あっ……」

「ん、アンジェリカ、もっと声を聞かせて……」

押し入った肉茎が律動を開始する。揺さぶられ、隘路を擦り上げられたアンジェリカは、あまりの快感に涙を流して首を振った。

「も、むり……むり……っ、イっちゃう、あ、イくっ……」

「ん、アンジェリカ、かわいいアンジェリカ……ほら、顔をよく見せてっ……」

「ん、あっ、や、あッ」

ぐっとひときわ奥まで押し込まれ、アンジェリカは悲鳴にも似た嬌声をあげた。目の前で火花が散って、頂点に達する。一拍遅れて、身体の奥でエグバートが欲望を吐き出した感触が熱く感じられた。

は、と小さく息を吐いて、弛緩した身体をシーツに預ける。くったりとしたアンジェリカを気遣うように、エグバートがその顔を覗き込んだ。

「大丈夫かい？　少し激しくしすぎたかな……」

「あ、だ、大丈夫です」

本当のところを言えば、久しぶりの激しい交わりにかなり体力を持っていかれている。気絶しなかったのが不思議なほどだと思ったが、さすがに口には出せない。

だが、そう答えてしまったことを、アンジェリカはすぐ後悔することになった。

「そう？　じゃあまだいけるね……」

「え、えっ……？」

彼の言葉に驚いたアンジェリカが目を見開いたのと、まだ中に埋まっていたエグバートのものがぐっと質量を取り戻すのとは、ほとんど同時だった。

「一回くらいじゃ、子はできないかもしれないからね……がんばろうね」

「い、いえ、あの……」

別に機会は今日だけではない。リアムの乳離れもだいぶ進んでいて、これからは夫婦の時間がもっと取れそうだから――

などという主張をアンジェリカがする間もない。再び律動を開始したエグバートに揺さぶられ、アンジェリカはまたしても高みに押し上げられ、朝までそれは続けられたのであった。

なお、しばらく後に第二子懐妊の報が国内を飛び交ったのは言うまでもない。

本書は、2020年8月当社より単行本として刊行されたものに書き下ろしを加えて文庫化したものです。


この作品に対する皆様のご意見・ご感想をお待ちしております。

おハガキ・お手紙は以下の宛先にお送りください。

【宛先】

〒150-6008 東京都渋谷区恵比寿4-20-3 恵比寿ガーデンプレイスタワー 8F
（株）アルファポリス　書籍感想係

メールフォームでのご意見・ご感想は右のQRコードから、
あるいは以下のワードで検索をかけてください。

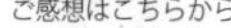

ノーチェ文庫

契約結婚のはずなのに、殿下の甘い誘惑に勝てません！

綾瀬ありる

2022年8月31日初版発行

文庫編集－斧木悠子・森順子
編集長－倉持真理
発行者－梶本雄介
発行所－株式会社アルファポリス
〒150-6008 東京都渋谷区恵比寿4-20-3 恵比寿ガーデンプレイスタワー8F
TEL 03-6277-1601（営業）　03-6277-1602（編集）
URL https://www.alphapolis.co.jp/
発売元－株式会社星雲社（共同出版社・流通責任出版社）
〒112-0005 東京都文京区水道1-3-30
TEL 03-3868-3275
装丁・本文イラスト－めろ見沢
装丁デザイン－AFTERGLOW
（レーベルフォーマットデザイン－ansyyqdesign）
印刷－中央精版印刷株式会社

価格はカバーに表示されてあります。

落丁乱丁の場合はアルファポリスまでご連絡ください。

送料は小社負担でお取り替えします。


ISBN978-4-434-30771-3 C0193